不仲の夫と身体《カラダ》の相性は良いと分かってしまった

園内かな

Illust.
天路ゆうつづ

eロマンス ロイヤル

Contents

プロローグ……5
第一章　✦　打算の婚姻……12
第二章　✦　波乱の初夜と魅惑のマッサージ……47
第三章　✦　義母の異変と垂れ込める暗雲……124

第四章 ✦ もう一人の殿下 …… 181
エピローグ …… 219
番外編一 ✦ 相談女に気を付けろ …… 224
番外編二 ✦ ルーファスの結婚 …… 250

Characters

Funaka no otto to karada no aishou ha yoito wakattesimatta

ルーファス・マルティネス

22歳

若く美しく生真面目な
エヌヴィエーヌ伯爵領の当主。
グレースに捨てられ気落ちしていたところに、
クローディアとの結婚を薦められる。
普段は優秀だが恋愛が
絡むとやや周りが見えなくなる。

クローディア・マルティネス

20歳

第二王子つきの有能な女官。
ワーカホリックな転生者で自立心が強い。
前世のマッサージ知識でオーランドを
安眠に導いたところ懸想されてしまい、
王命でルーファスと政略結婚することに。
異世界物のテンプレ台詞を言う
ルーファスを面白がっていたが……？

ルーナ・マルティネス

43歳

ルーファスの母で前伯爵夫人。
夫と死別後も伯爵家の古いしきたりに
悩まされている。慢性的な片頭痛持ち。

オーランド

16歳

正統な王位継承者である第二王子。
穏やかで理知的な、まさに王子様。
クローディアに淡い恋心を抱いている。

グレース

18歳

第一王子妃。ルーファスの恋人だったが、
バーナードに求婚されあっさり
乗り換えた打算的な令嬢。
美しいが浪費癖があり、
自分が一番でないと気が済まない。

バーナード

30歳

第一王子だが、母親がメイドだったため
王位継承権は無いに等しい。
オーランドを引きずり下ろす機会を
虎視眈々と狙っている野心家。

プロローグ

「お前を愛することはない」

豪奢《ごうしゃ》だが派手な華美さはない、落ち着いた雰囲気の応接室。そこで政略結婚の相手との顔合わせ中にそう宣言された時。

クローディアが思ったことは、

(出っ、出〜〜！)

だった。

そう、クローディアは前世の記憶がある転生令嬢《れいじょう》なのである。


クローディアは半笑いになりそうな顔を意識して無表情に保ち、目の前の相手を見つめた。

お相手のルーファス・マルティネスは伯爵家《はくしやくけ》の当主だ。若くして父が亡くなり、領地付きの爵位を継いで、今はエヌヴィエーヌ伯爵と名乗っている。

濃い金色の髪に翡翠《ひすい》の瞳《ひとみ》で、顔立ちはとても整っている。だがこの結婚への不満と、クローディアを見下してくる尊大さを隠そうともしていない。

一方のクローディアは子爵家《ししやくけ》の令嬢だが、王宮で第二王子付きの女官として勤めている。

栗《くり》色のサラツヤストレートの髪に青い瞳という、いかにも異世界然とした容姿。まだ二十歳《はたち》、と以前の世界からすると若いつもりだが、この国では結婚するには遅い部類だ。ちなみに、前世の知識はぼんやりとしか覚えてない。

このお見合いは様々な思惑と利害が絡み合う、王命による婚姻が根底に置かれている。断るなら、自分も彼も、この王国での今後の出世は無理だろう。

少なくとも、クローディアから断ることは絶対にない。

なので、冒頭の台詞《せりふ》にも返事は、

「あ、はぁ……」

くらいなのだが、一応質問はしておく。

「それはどういった事由からのお気持ち表明なのでしょうか」

「……」

ルーファスは無言のままぴくりと反応する。こちらを睨《にら》みつけているので、話は聞いていると判断し続けて言った。

「ご自分が好かれることのないよう、先に予防線を張っておられるのでしょうか。こちらといたしましても、王命による婚姻ですので何かを希望することはございません。それとも、この婚姻へのご不満を表明されていらっしゃるのでしょうか？　でしたらその旨、王妃殿下にお伝え……」

「事由などない。言葉のままの事実を伝えただけだ」

途中で遮ったのは、これ以上クローディアに続けさせたらヤバイと思ったからだろう。どうこう言いながら、結局王命に逆らうつもりはないのだ。

今度は半笑いになるのを抑えきれず、そのまま口を開く。

「では、かしこまりました。それが当方の返答でございます」

「……俺には、心から愛する人がいる」

これも、出～！ である。

昔の友人……、つまり前世のSNSのフォロワーが『こういう、君を愛さないとか言って別の女いる男が手のひらクルーしてくるやつ、広告で見るだけで腹立つ。鼻フックして吊《つ》り下げたい』なんて暴言を呟《つぶや》いていたな、とフッと思い出す。

クローディアは頷《うなず》いた。

「ええ、バーナード第一王子妃殿下のグレースさまでしょう」

「……！ 何故《なぜ》それを」

「ルーナさまから聞かされておりました。バーナード殿下との婚約式の後もお二人が別れた様子がなく、随分気を揉《も》まれたとのことでした」

ルーファスの母であり前伯爵夫人であるルーナは、比喩《ひゆ》ではなく頭が痛いらしく、よくこめかみを押さえていた。慢性的な頭痛持ちになったのも、この目の前の息子が理由の一端ではないかと見ている。ルーナに好感を抱いているクローディアからすると、彼女が気の毒で仕方ない。

つい批判的な瞳になってしまうクローディアに、ルーファスは苛立《いらだ》ちながら反論する。

「それだけ深く愛し合っていたということだ」

「だったら何故、駆け落ちしたり、挙式の途中で攫《さら》ってでも成就させなかったのですか」

「それを考えなかったとでも思っているのか！　何度も考え、話し合った。けれど、俺たちにはそれぞれ背負っているものがあった。家を、国を、捨てることなど出来る筈《はず》がない。俺たちには責任がある」

これには流石《さすが》に鼻で笑うしかない。

「所詮《しょせん》は、立場に酔いしれて悲恋ぶっているだけでしょう」

「なんだと……！　俺たちを愚弄《ぐろう》するのか！」

「真実の愛だというのなら、何もかもを捨てて二人だけで過ごせばよろしかったのに」

「出来るわけがない！　歴史ある家と領地、それに母を捨てるなど」

「別に貴方《あなた》さまがいらっしゃらなくても、どうとでもなりますわ。家と領地は縁戚《えんせき》にでも継がせれば良いですし、ルーナさまもまだ四十三歳。再婚なさってでもお一人でも、思うままに過ごせますわよ」

「黙れ！」

「でも、そうはせずに王命の結婚を受けようと思っている。私は王太子殿下の女官であり、王妃殿下の後ろ盾を持っているから。この婚姻を結べば、貴方さまは次代の王の有力な側近となれるから」

図星でも指されたのか、ルーファスは声を荒らげる。

「黙れと言っている！」

ルーファスは怒りのあまり、顔色が白くなって震えていた。

あまり前世でゲームや小説をたしなんでこなかった為《ため》、この世界がなんという作品で、どんなストーリーになるのかは知らない。だが彼が物語の主要人物だとしたら、自分は確実に彼の恋路を引き裂く悪役令嬢側だろう。

ひょっとしたら殴られるかな、とクローディアは思ったが、それならそれで結婚が白紙になるだろう、とじっとしている。

「………………」

しばらくの無言の後、ルーファスは長ソファから立ち上がって言った。

「この結婚を、罰としよう」

「……は？」

「これから孤独な生活を送ることを、己への罰としよう」

なるほど。なんというか、大袈裟《おおげさ》で悲劇的な恋愛に酔っているのだろう。

クローディアは半笑いで告げた。

「まあまあ、これから先、いくらでも新しい恋をして愛人でもなんでも持てばよろしいじゃありませんか」

「そのように簡単に切り替えられるものではない」

「グレース妃殿下は切り替えていらっしゃるようですわよ」

「なんだと……！」

ルーファスはその美しい眦《まなじり》をキッと上げて睨んだ。

クローディアは鼻で笑うのを堪《こら》え、とっておきの情報をこのお見合い代として彼に支払ってあげることにした。宮廷で働く者はいち早く、王宮内の情勢を摑《つか》むことが出来るのだ。

「グレース妃殿下は、王族としての生活をとても楽しんでいらっしゃるようです。次々と被服費を使われて、年の予算のほとんどを既に使い果たしてしまわれたとか。バーナード王子殿下の女官をメイドか下働きのように使役されているという、戸惑いの声もあがっておりましたわ」

「……どうせ王宮の陰湿な女どもが、グレースを妬《ねた》んで苛《いじ》めているに違いない。可哀想《かわいそう》に、王妃殿下も何をなさっているのだ」

「王妃殿下でしたら、それとなく執り成すよう声をかけられておりますわ。でも、グレース妃殿下が全く聞き入れられないようで」

「王妃殿下が、グレースの為に動くわけがない！　バーナード殿下は……！」

おっと、それを続けては家臣として流石にいけない。

クローディアはしーっと唇に人差し指を当てて、黙るよう伝えた。

「話が大分逸《そ》れてしまいましたわね。私はこの婚姻に反対はいたしません。愛のない白い結婚でも問題ございません」

「……了承した」

結局、なんだかんだグチグチ言っても自分たちは結婚するのだ。

だったら最初から黙って頷いておけ、と言いたいところだ。

胸の内を赤の他人に明かしてペラペラ喋《しゃべ》るから面倒なことになる。

やれやれ、といった感情を隠すこともなく顔に出しながら、クローディアは話を詰めた。

「それでは嫁ぐ前に、私がすべきこと、すべきでないことを書面にて渡してください」

「何もしなくていい、好きにしろ」

「ではそれで結構ですので、その旨書面に……」

最後まで聞かず、ルーファスは踵《きびす》を返して去って行ってしまった。

こうして、クローディアとルーファス・マルティネスのお見合いは大失敗に終わったが、結婚は決まったのである。

第一章 ◆ 打算の婚姻

ルーファスが出て行ってすぐ、金髪の、彼によく似た美貌《びぼう》の女性が入室してきた。前伯爵《はくしゃく》夫人で、クローディアの義母となるルーナだ。

ここは、エヌヴィエーヌ伯爵家の応接室なのだ。

早くに前伯爵が亡くなってルーファスがこの家を継いだが、応接室を見るに、経済状態は悪くないようでそこは安心出来た。豪華な調度品が飾られているが、時代がかった重苦しい雰囲気の屋敷だ。つまり、売ってお金にする物はたくさんあるが、それに手を付けないで良いと考える程の経済状況だということだ。

すぐにルーナが、先ほどまで息子が座っていたソファに腰かける。繊細さが窺《うかが》える細面には不安げな表情が浮かんでいる。

「不機嫌に出て行ったようだけれど、話し合いはどうなったのかしら」

「結婚はなさるそうです」

「良かったわ……」

ホッとする様子のルーナに、クローディアは問題点を隠さず告げた。

「お心は変わっておられないようです。それに、この婚姻を罰と受け止めるとのことでした。あのような性分で、宮中を渡っていけますでしょうか」

「あぁ……」

一気に頭痛が酷《ひど》くなったようで、ルーナはこめかみを押さえて呻《うめ》いた。

クローディアは気の毒だと思いながら、気休めにも似た見立てを口にする。

「今はまだ年若く、これから成長されるのかもしれません」

「え、ええ。きっと。あの子は優秀だし、良い子ですもの」

「しかし、ご自分に酔いすぎでまるで芝居《しばい》役者のような物言いでした。もっと視野を広げ、冷静に振る舞えないとオーランド殿下の側近としては相応《ふさわ》しくないでしょう」

「そうね……」

ルーナが再び痛みを堪《こら》える表情になった。

顔をよく見ると、目の下にくまも出来ている。前世の知見から、ストレスによる頭痛と不眠ではないかと思うが、今ここで安眠についてアドバイスをしている場合ではないだろう。

気の毒に思いながらも、話を続ける。

「第二王子のオーランド殿下は十六歳ですが、既に王太子としての風格を身につけていらっしゃいます。王立学園を卒業して立太子する二年後までに、ルーファスさまは成長なさるとお考えですか？」

自分が仕えている年下の第二王子の姿を思い浮かべながら言うと、ルーナは頷《うなず》く。

「それは間違いなく。あの子は性根が優しく、思いやりのある子です。それに、オーランド殿下に曇りなき忠誠を誓っておりますわ」

きっぱりと言いきった未来の姑《しゅうとめ》に、そこまで信じているなら仕方がないと頷く。

いくら優秀で優しくても、これだけ女に血迷っているなら無能なのでは。

そうチラリと思うが、まあまだ彼も若い。二十二歳なら、前世では大学生くらいだ。彼女にドはまりして振られてうじうじすることもあるだろう。

「分かりました。それでは、当初の予定通りお願いいたします。私は今後、エヌヴィエーヌ伯爵夫人として、出仕させて頂きます」

「ええ」

「領地の件も、縁戚《えんせき》の件も全《すべ》てお任せくださいませ。ご希望通りにさせて頂きます」

クローディアが請け負うと、ルーナは見るからにホッとして安堵《あんど》の息を吐《つ》いた。

「助かるわ。本当に、ありがとう」

「お互い様です。それでは、私は戻ります」

新郎不在で政略結婚が締結された瞬間だった。

そう、これは双方に利益のある婚姻だ。

ルーファスの父は、彼がまだ十代の時に亡くなっている。未成年のルーファスが伯爵家の当主となった時に、父の弟や縁戚が後見としてしゃしゃり出て、「管理」の名目でいくつか利権を取られてしまった。その為《ため》、今でも領地ではルーファスの思い通りにならない部分があるという。

その辺りを是正するのに、彼は王家に忠実に仕え、出世し、オーランド殿下の力を借りる必要がある。

そしてクローディアの方は、子爵令嬢《ししゃくれいじょう》だったが父が亡くなり、叔父が家を継いでしまった。幸い寝食つきである女官の職につけた為、今のところは食うに困っていないが、もう二十歳。子爵家の縁者としての身分しかないのは、王太子殿下の女官としては弱すぎる。

そこで、伯爵夫人としての立場が必要なのだ。宮廷において令嬢と夫人では、圧倒的に夫人が優位になるのだから。

——そして自分たちは、おのれの事情だけでなく、二人の王子周りの思惑も絡み、結婚を切望されている。

ルーナが立ち上がって見送ってくれる。

「それではごきげんよう、クローディア」

「はい。ああ、ルーナさま。もし眠りにくいようでしたら、ベッドの足元に温石《おんじゃく》を置くと良いですわよ」

「え……？　冬でもないのに、どうして？」

「足が冷えると、寝付きが悪いからですわ。それではごきげんよう」

聞かれてもないのにアドバイスをしてしまったから、ルーナは不審げな表情だ。

やはり、余計なことは言わなければ良かったかもしれない。

そんなことを思いながら、クローディアは王宮へと戻ったのだった。

お見合いの後は、婚約式だ。

クローディアは義母となるルーナと打ち合わせをし、よき日を決めてそれに合わせて準備を進めていった。

その準備の中には、官吏《かんり》に手を回しエヌヴィエーヌ伯爵領の是正をせっつき、正しい形へと導くというのも含まれている。

不当に権利を主張するルーファスの叔父一族を追い出し、ルーファスこそが領主である伯爵だと認めさせたのだ。要所要所は義母となるルーナに確認しながら進めたが、ほぼ一人でこなした。ルーファスには事後、まとめて書面で報告している。

「……しかし、なんなのよ。あの旦那《だんな》さまは……」

クローディアは王妃の覚えもめでたい有能な女官ではあるが、転生チートではない。外部の人間である自分が、あっさりとことを進められたのだ。はっきり言って、これくらい自分の力でやってほしい。

クローディアは既にルーファスのことを頼りないぼんくらだと思っているので、まあ手伝ってやるかという気持ちで動いてあげたが、おそらく相手は感謝さえしないだろう。何が行われたかも分かっていないかもしれない。

今はもはや会うのもダルくて面倒だ。好きにしていい、任せるという言質《げんち》を取ったのでそうするまでだ。

対するルーナは泣いて喜んでいた。夫よりも姑との関係の方がよっぽど良好とは、前世だったらかなり羨《うらや》まれるだろう。

もう一つ懸念点があるのは、マルティネス家の老家令が、伝統と形式を重要視する堅いタイプなことだ。今のところは慇懃無礼《いんぎんぶれい》にお互い距離を取っているが、ルーファスに忠実そうでもあった。屋敷の使用人たちを信用せず、上手《うま》く立ち回る必要があるだろう。

一切夫に期待などはせず、粛々と婚約式の手配と、準備を進めていく。

この世界の婚約式では、両親や親族同伴で書類の締結と、指輪の交換をする。前世でいう結納のようなものを、王国風にアレンジしたものだ。当然、式には両親や親族同伴となる。

だがクローディアには両親はおらず、子爵家を乗っ取った親族とも縁を切っているので、上司である女官長に頼むことにした。

女官長も怜悧《れいり》で仕事が出来る先輩であるので、淡々と引き受けてくれた。こうすることが王宮の為だと判断したのだろう。

婚約式用に、ドレスとブーケ、指輪もすべてクローディア側が用意した。ルーファスの服はルーナが用意してくれている為、お互いの衣装も見ていない。

婚約式当日、女官長と二人、教会に向かう。

考えることは、女官長と休みの調整が上手く出来て良かった、ということだった。式が終わればすぐ戻って仕事だが。

この後の多岐にわたる女官の仕事について、あれこれ考えていると今年五十を迎えるという女官長がぽつりと言った。

「……本当に、良いのですね」

「はい。女官長は、結婚されずにずっとお勤めされていたのですよね」

ずっと独身のバリキャリだと聞いたことがあるので、それを確認すると頷いた。

「ええ、王命はなかったので。ですがその分、結婚するなら自分の好いた相手としようと考えていました」

「まあ。女官長がそのようなことをおっしゃるとは……」

「生憎《あいにく》、私に相応しい殿方がいらっしゃらなかったので機会はありませんでしたが」

笑い話としながらも、好きでもない相手と結婚して良いのか、と聞いてくれているのだ。

今の職場で仕事を続けたいなら、伯爵夫人の身分は欲しい。他にも、色々理由はある。

「私は……、女官として勤めたいですし、結婚には何のこだわりもございません。これも良い機会だと思います」

まあ、結婚したいかしたくないかで言ったら、したくない。面倒だからだ。多分前世でもそんな風に考えていた筈《はず》だ。一人で好きに生きていたいので、自分以外の他人のことまで気にして暮らすなんて嫌すぎる。

しかしその面倒さと、結婚した後仕事が有利に働く諸々《もろもろ》の益を天秤《てんびん》にかけたら、後者に傾く。

利益と打算に塗《まみ》れた結婚こそ、これからの人生に相応しい。

教会に到着して、女官長に手伝ってもらいながらドレスに着替えた。

自腹なのでとにかくシンプルなAラインのドレスにした。オフショルダーで袖《そで》もすっきりしているのが気に入った。何の飾りもない安い物だが、一度しか着ないのだからこれで良い。

婚約式といいつつも、事務的なものだと認識しているのでメイクも普段と変わらない。

本日立ち会ってくれる聖職者に挨拶《あいさつ》し、謝礼などを渡しているうちに相手側も到着した。ルーファスとその母親のルーナだ。

うわ〜、顔がいい。

ルーファスを見て思ったのはまずそれだ。

クラバットにネクタイピンのようなブローチがついていて、大きなエメラルドであろう宝石がきらきら輝いている。だが、その宝石の煌《きら》めきより、ルーファスの顔面は美しかった。

マントみたいな礼装用の羽織も、帯剣しているのも、かなりイケていらっしゃる。

前世でいうところのイケメン王子を体現している、と考えたところでハッとした。王子ではない、王子はオーランド殿下だ。

気を取り直し聖職者に一礼し、粛々と儀式を進めてもらった。

説法を拝聴し、指輪を交換し、互いに書類にサインをしてそれで終わりだ。

向かい合い羽根ペンを走らせていると、そこでようやく、ルーファスが口を開いた。

「おめでとう、これで君は必要な身分を得られたわけだ」

「……はい、ありがとうございます」

また何か言い出すのだろうか。胡乱《うろん》げに見つめると、彼は無表情に言い放つ。

「王宮に勤める才媛というならこれくらい、己で切り開くほどの実力が欲しいところだが、まあよかろう」

「……！　奇遇ですわね。こちらも全く同じことを考えておりましたわ」

クローディアは婚約式の書類と一緒に置いてあった、エヌヴィエーヌ伯爵領についての書面を手に取って彼に差し出した。ルーファスが軽く目を見開く。

「これは」

「王宮勤めの私なんかに頼らず、自領のことはそちらで解決して頂きたかったですね。ですが、私は何の文句も言わず、快く手助けいたしましました」

まあ今、嫌味を言っているが。

そう思った瞬間、ルーファスも言い返す。

「今文句を言っているだろう」

「……感謝の気持ちもなく、相手からの奉仕だけを求める結婚生活は長続きしませんわよ」

言いながら、完全にブーメランが刺さっている気がした。

認めたくないが、ルーファスとは思考が似ている。考えていることがほぼほぼ一致である。

このままでは同族嫌悪一直線だ。そんな風に考えていると、ルーファスはきっぱりと言った。

「こちらは何も求めない」

「……言うと思った」

「何？」

「いいえ、何も。近いうちにオーランド殿下に目通りして頂きます。それでは、失礼いたします」

言いたいことだけを言い捨て、さっさと退室する。ルーナと女官長は顔を見合わせて戸惑ったままだった。

似た者同士の婚姻は、予想以上に上手くいかない気がする。

それと、これから王宮に戻って婚約したことを発表しなければ。

何だか色々なことが失敗しそうな気がして、クローディアは落ち着かないままに教会を出たのだった。


クローディアが第二王子にして王太子候補であるオーランド殿下付きの女官として出仕して、五年ほどになる。

見習い女官として、緊張しながらオーランドにお目通りを願ったことがつい昨日のことのように思われる。

十一歳の少年ながら利発そのものだったオーランドは、クローディアに微笑《ほほえ》み、そして頷いて言ってくれたのだ。

『そう緊張せずとも良い。これから、よろしく頼む』

それ以来、恐れ多くも彼には姉のような気持ちさえ抱き、仕えている。

美しい少年だった王子は、すくすく真《ま》っ直《す》ぐ育っていった。

今もまだ十代だが、彼は優秀で王子としての立派な才覚があり、人の上に立つべき人物だ。

そのオーランドは、クローディアが婚約式から戻るなり人払いをしてしまった。

「全員、下がって良い。クローディアは残れ」

「……ですが」

クローディアが異論を挟もうとしたが、従者も女官も、部屋に控えていた護衛の騎士たちも皆は黙ってしずしずと退室していく。勿論《もちろん》、扉の前には控えているだろうが。

「良い、話はすぐ済む」

オーランドがそう言うので、仕方なく部屋の隅に立つ。

「もっと、こちらへ」

「……はい」

オーランドのデスクに近付くと、彼は立ち上がった。

まだまだ子供、少年と思っていたが、すっかり背は追い越されている。それに、喉《のど》ぼとけもしっかり出て当然声も低くなっている。淡い金髪は艶《つや》やかで、天使の輪が光って見える。柔和な表情の大きな瞳《ひとみ》が、血筋と育ちの良さを表していた。いかにも王子さま然とした容姿は、これから立派な為政者になるであろうという予感に満ちている。

出会った時の子供のままだと思って接していたら、すっかり大きくなってしまって。

クローディアは親戚《しんせき》のおばさんみたいな目線なのだが——相手はそうは思っていない。

オーランドはクローディアの左手を握った。先ほど交換したばかりの、ルーファスから貰《もら》った指輪が薬指に輝いている。

それをじっと見ながら、彼は呟《つぶや》いた。

「婚約式は、どうだった？」

「つつがなく、終了いたしました。エヌヴィエーヌ伯爵と婚姻を結びます。彼は後日、殿下のもとに参りますのでよろしくお願いいたします」

ルーファスは月に何度か、殿下へのご機嫌伺いと情報提供という形で王宮に出仕することになる。有力貴族との親交は、オーランドにもプラスとなる筈だ。ルーファスが役に立つ情報を持ってくるか、オーランドとコミュニケーションをちゃんと取れたら、の話だが。彼にそれが出来るかは不安なところだ。

オーランドはため息を吐いて返事をした。いつもの彼らしくない、普段は見せない物憂げな様子だ。

「分かっている……」

「……はい」

本当に、ヒヤヒヤする。

クローディアとこの王子の二人の間には何もない。

だけど、オーランドの気持ちは誰が見ても明らかで、常にクローディアを傍《そば》に置こうとしている。

おそらく、彼にとってクローディアは初恋のお姉さんなのだ。

小中学生くらいの男子が大学生のお姉さんに憧《あこが》れを持つこともあるだろう。

しかし、同年代の女子と仲良く過ごせばすぐに飽きて、クローディアのことなど忘れるだろうと甘く見ていた。

既に彼の婚約者候補の選定だって済んでいる。有力候補のうち、王妃殿下と派閥が同じ令嬢に決まってくれたら、と思っている。

それなのに、オーランドの瞳はクローディアをずっと追いかけている。

「結婚しても、出仕は続けるのだろう？」

「はい、勿論でございます。変わらずよろしくお願いいたします」

「クローディア、その時は、閨《ねや》の教育係を……」

「それはなりません！」

「っ……」

つい、声が大きくなってしまった。

クローディアは声を落として、彼の手をぎゅっと握って懸命に諭す。

「バーナード殿下のようなお立場の方を、作られるおつもりですか」

「それは……」

第一王子バーナードは、現在三十歳。国王陛下が十五歳の時に、メイドとの間に出来た子だ。

男爵《だんしゃく》令嬢だったメイドが迫り、うっかり誘惑に乗ってしまった陛下はコトが終わった後、大層後悔したという。

昨今は王家でも側妃というものは置かない。三代ほど前までは、どの貴族でも第二夫人、第三夫人と居たというが、時代の流れと国際情勢がそれを許さない。

現国王陛下の祖父、先々代の王はそれでも愛妾《あいしょう》を何人も抱え、陛下より年下の叔父が出来る程だった。勿論、国民には批判されているし周辺諸国が見る目も冷ややかだ。

それが分かっていたのに、使用人に手を出してしまった。

猛省していたところに、妊娠の報告。当時、婚約者だった王妃殿下の実家とも大揉《おおも》めになったと聞く。

陛下は産まれた子を認知し、第一王子とした。しかし、王位継承権の序列は低い。

正統なる後継者は、王妃殿下が産んだ第二王子オーランドだ。

クローディアは一歩引いて、彼の手を放した。

「申し訳ございません。ただの女官が、出過ぎた真似《まね》をいたしました。しかし、ご理解くださいませ」

「クローディアが結婚を急ぐのは、私のせいだろう」

突然、鋭い指摘をされてぎくりとする。

そう、クローディアが王命でルーファスと結婚することになったのは、それが真の理由だ。

いつまでも独身のクローディアを、オーランドの近くに置いていて万が一があってはいけない。

そう感じた王妃殿下が、手を回したのだ。

しかし、それを認めてはオーランドの心にさざ波を立てることになる。

クローディアは首を横に振った。

「いいえ、双方に益があってのことでございます。私は今や、何の身分もございませんのでこのままでは王宮から追い払われてしまいます」

冗談のように、にこやかに告げたがオーランドは距離を詰めた。また、クローディアの手を握ってくる。

「だったら、俺が守るから。ずっと、俺の傍に居てよ、クローディア……」

「それは出来ないのです。ご容赦ください」

クローディアは彼より年上で有力な後ろ盾がないので、王子の妃《きさき》になるのは無理だ。子爵だった父が存命していても、未来の王妃になるのは難しいだろう。子爵家の家名では、王宮に出仕するだけで精一杯。

その父も亡くなり、叔父が子爵家を継ぎクローディアは傍系となってしまった。それで新たなコネと後ろ盾を得て王宮勤めを継続する為に、勧められたルーファスとの婚姻を受けたのだ。

しかも、オーランドは王太子。ここでクローディアに手を出してしまえば、求心力も国民人気も下がる。第一王子を担ぎだす動きもあるかもしれない。揉め事になるようなことは、絶対防がなければ。

それを、オーランドも分かっている筈なのにこのような言動をしてくるのが厄介だ。若さゆえというやつかも知れないが、早く正気に戻ってもらわなければ。

ハラハラしながら手を振りほどこうとしていると、丁度扉がノックされた。

「殿下、よろしいでしょうか」

侍従の声がして、オーランドの手が緩んだ。

クローディアはパッと手を放し、扉の方に急いで歩いていく。そして、恭しく扉を開けた。

「……酷いよ、クローディア。俺をこんな気持ちにさせたのは君なのに……」

悲しそうにオーランドが呟くが、それには答えず静かに控えて頭を下げる。

クローディアは、完全に距離を間違えて、主《あるじ》に仕えてしまったのだ。

まだ子供だから。他の女官も従者も居るから。

その軽い気持ちが、今の状況を生んでしまった。

＊＊＊

クローディアが実家の子爵家を出たのは、親との折り合いが悪かったからである。

子爵家の歴史は古かったが、クローディアが産まれたころには既に財政が悪かった。前世の知識を持ち、傾きかけた家のことにあれこれアドバイスをしたものの、父は『女は黙っていろ』とにべもなかった。

男尊女卑で暴力的な父親に愛想をつかし、実家を見放したクローディアは六年前の十四歳、女官になろうと王都を目指した。

貴族の子女の職としては、家庭教師か女官が主流だ。最大手で潰《つぶ》れることのない女官を選んだということは、前世では公務員か大手企業にでも勤めていたのかもしれない。

『この世界では、女の幸せは基本結婚だけど、別に仕事に生きたっていいじゃない』

無事採用されたクローディアは、そう思ってバリバリ働いた。もともと前世でも働くのは嫌いじゃなかったようだ。

他の良家の子女たちは『実家の為に王家に気に入られて出世を』という気持ちが強いようだった。

しかしクローディアにそんな気はなかったので、ただ黙々と仕事をこなした。

そのうち女官長の目に留まり、王子付きの女官にまで召し上げられた。そしてオーランド殿下の幼いながらに真面目で頑張り屋の心に触れ、彼に寄り添って仕えるようになった。

オーランドも、すっかりクローディアに懐いてくれた。それは王妃やオーランドの元からの侍従たちにも分かるので、いつしか一番お気に入りの女官という立場になっていた。

クローディアはオーランドの寝室に入るまでになり、そして、彼の寝付きが悪く不眠ぎみなことに気付いた。

この国と民を背負って生きなければならないというのはどれだけ重圧だろう。

そう同情したクローディアは、前世の知識を使って、オーランドを寝付かせることにした。

睡眠について基本的なことはなんとなく知っている。副交感神経を優位にすれば眠りやすくなると聞いたことがあったので、彼の為に記憶を総動員した。

『足を温めて寝るとようございます』

『体に力を入れず、手と足を少し開いて眠るとよく眠れると聞いたことがございます』

『とにかくリラックスです。首の後ろから力を抜いて、寛《くつろ》ぐことを意識してください』

あまり聞いたことがない方法に、初めは戸惑っていたオーランドも、徐々に効果が出たのか、クローディアに従ってくれた。

特にオーランドが眠れないという冬の日、クローディアはヘッドマッサージを申し出た。

前世ではマッサージ好きで、色んなタイプのマッサージ店に行っていた。ハワイや台湾《たいわん》、バリ島に旅行してマッサージ店をハシゴしたこともある。

施術される側であってしたことはないが、誠心誠意、彼をいたわって触れた。

勿論、部屋に二人きりではないしベッドの上でもない。

殿下にはソファに座って楽にして頂き、後ろからそっと後頭部、首、肩をマッサージした。

するとオーランドはすぐにうとうとし始めて、間もなくぐっすり眠ったのである。こんなにすぐに寝付くのは珍しいと、侍従や他の女官も驚く。控えていた近衛《このえ》騎士にオーランドをベッドに運んでもらい、良いことをしたな〜と思っていた。


だがしかし、そこから、オーランドの動向が怪しくなってきた。

まず、クローディアにマッサージをしょっちゅうねだるようになった。

最初は引き受けていたが、オーランドがリラックスどころか興奮して眠らなくなったので、逆効果かと感じ始めた。

そして、ある日のマッサージ中、ふと気付いてしまったのだ。

オーランドの雄が興奮して大きくなっていることに。

ナイトウェアを思い切り押し上げているそれを見た瞬間、まずいことになったぞとクローディアは反射的に目を逸《そ》らした。

クローディアはここでずっと働きたいのだ。そういう色恋の問題を起こしたくはない。それも、年下の王子さまとなんか絶対駄目だ。手を出したらすぐ追い出される。

オーランドは物欲しそうな目で見るけれど、まだ行動は起こしてこない。

ヒヤヒヤし始めた頃に、クローディアの父が亡くなった。これ幸いと忌引き休暇を頂き、葬式の為に実家の領地に戻った。

実家は既に父の弟一家に乗っ取られていたが、どうせ傾いた子爵家だし自分には仕事もあるし、と目を瞑《つむ》る。

葬式が終わった後も引き続き休暇を頂き、たまの休みだとばかりに旅行気分でのんびり領地でホテル暮らしをした。

オーランドと少し時間と距離を置いた方が良いだろうと、周囲の誰もが思っていた。

こうやって離れていたら、彼も忘れるかもしれない。別のお気に入りか、同年代のお妃候補と仲良くなるかもしれない。

何ならクローディアはオーランド付きを離れて、別の場所で働くことになるかもしれない。オーランドが産まれた時から常に仕えている侍従が、そのようなことを匂《にお》わせていた。

それが王子の、ひいては王家の為になるならそれも良いだろう。

そう考えて宿屋でくつろいでいたら、急使が駆けこんできた。

『すぐに王宮にお戻りください！』

一体何ごとかと思いながら慌てて王都に帰ると、そこにはやつれ果てたオーランドがベッドに臥《ふ》せっていた。

オーランドの美しく滑らかだった肌は、発疹《ほっしん》で赤くぼこぼこに膨れており、ガサガサになっていた。特に顔が酷い。発疹は痒《かゆ》みと痛みが伴うようで、かきむしるのを我慢する為に手にも包帯が巻かれている。

また、食欲不振で、食べても吐き戻してしまう。

一時は毒を疑われたようだが、ストレスからの症状と判断されていた。

『殿下……、おいたわしい……』

おそるおそる声をかけるクローディアに、ベッドの中からオーランドは力なく笑いかける。

『クローディア、戻ってきてくれたのか。これからも、私に仕えてくれるか？』

『勿論でございます……』

それ以外に、どう返事が出来よう。

後から聞いた話によると、ストレスの原因を尋ねられたオーランドは
『心より信頼している女官が去ってしまいそうなのに、そのような状況でも何も出来ない無力さが己を苛《さいな》むのだ』

と答えたそうだ。

殿下が産まれた時から付き従っている侍従は、それを聞いて嫉妬《しっと》のあまり歯をギリギリと鳴らしたと同僚の女官に聞いた。

そして、クローディアが戻って世話を焼くようになると、オーランドの不調はケロっと治った。完全にストレス性のじんましんだ。

これは、クローディアを追い払ったらヤバイことになるだろう。

かといってこのまま未婚のクローディアを傍に置いておくのはまずい。

だったら、早く別の男と結婚させてしまえば良いのでは？

皆がそう考えた時に、第一王子であるバーナードが婚約したいと言い出した。

バーナードはオーランドの異母兄で、婚外子でもある。メイドだった彼の母は、少年だった国王に無理やり迫った廉《かど》で追放されていた。

その為、バーナードの王位継承権はとても低いのだが、彼自身には隠しきれない野心があるとみなされていた。ことあるごとに己が有能であると強調し権力を欲するからだ。

オーランド陣営からは、血筋的には注視すべき程ではないが、無視も出来ないといった存在だった。

その彼が婚約したいと希望したのは、レユニアン伯爵令嬢のグレース。――ルーファスの恋人だった。

そしてグレースはバーナードの求婚を受け入れた。

伯爵家同士で上手くまとまりそうだった話を、王子殿下が横やりを入れて寝取ってしまったのだ。

しかしそれには、グレースのしたたかな野望もあったのでは、と今のクローディアは見ている。

もし本当にルーファスと結婚したかったなら、既成事実を作ってしまうなど強硬手段で王家の話を突っぱねたら良かったのだ。

だが、グレースはよよよと泣き崩れてなんやかや言い訳し、結局バーナードと婚約、結婚してしまった。結婚した後はウキウキと王宮で贅沢《ぜいたく》暮らしをしている。今もグレースを思い続ける元恋人の事はすっかり忘れてしまったかのように。

こうして不本意ながらフリーになってしまったルーファスに目を付けたのが、オーランドの側近たちだった。

振られてしまった上に、別の女を宛《あて》がわれるという割を食ったルーファスだったが、その宛がわれた女は未来の出世への招待状だ。

この結婚は王家の肝入《きもい》り。これを足掛かりにして、王宮内で力を付けたらいくらでも権力を手に入れられるだろう。王太子殿下であり未来の国王の側近になれるのだから。

だが、ルーファスはこの結婚を罰と言った。

この益が分かっていないなら無能だし、分かっていてそう言うなら出世する気もないのだろう。

まあどちらにしても、とりあえず一回結婚しておいてしばらく経《た》ってから離縁するのがいいかもしれない。

前世では、若いうちは結婚したくなかった。己のキャリアの足かせになるからだ。年を取ってからいつかはするかもしれないが、急いでしたくもない。

そんな風に思っていたので、クローディアは今世でも結婚に夢を抱いていないし、一回してみたら十分かな、程度に考えているのだった。

＊＊＊

ついにルーファスが王宮に出仕する日となった。

殿下の側近候補は大体、最初に召し出される時に、集団の中でどのように振る舞うかを見られる。オーランドを始めとして数人の側近や侍従と、気軽な会話や問答を楽しみながら人となりをチェックされる、まあ面接のようなものだ。堅苦しいものではないので、場所は談話室。

そんなに難しい会話はされないし、ほぼ内定が決まっている最終面接で役員の許可が出るか、みたいな感じだ。普通に受け答えをしていたら、不採用はない。

時間前に、ルーファスは正装して談話室にやってきた。

クローディアは壁際に立ちながら、軽く周囲に挨拶をする夫を見つめる。

相変わらず、顔がいい。濃紺のシックだが高級な貴族の衣装を身に纏《まと》っていて、ちゃんと着こなしている。談話室で準備をしていた同僚の女官などは頰《ほお》を染めて嘆息している。気持ちは分かる。

するとそこに、バーナード付きの女官が血相を変えてやってきた。

「失礼いたします。クローディア」

「はい」

同期の女官だ。以前、バーナードの妃、つまりルーファスの元カノのグレースがこき使ってくると愚痴っていた女性である。

一体何だろうと思っていると彼女は声をひそめながらも、爆弾を投下した。

「今から、バーナード妃殿下グレースさまがこの談話室を訪問されるとのことです」

「……！」

たちまち皆がルーファスに視線をやる。クローディアも反射的に見た。

ルーファスにも聞こえていたようで、息を呑《の》んで顔色を変えている。

よりにもよって、なぜ今日。そして何が目的なのか。

渦巻く疑念を抑えつけ、クローディアはすぐにこれからどうすれば良いかを頭の中で組み立てる。

「ヴァンス殿に先に報告を」

ヴァンスとはオーランドの側近中の側近だ。オーランドが産まれた時からずっと付き従っている侍従で、オーランド命の忠実な男だ。

クローディアには当たりがキツいが、侍従としては有能である。まあ大事な王子さまを惑わせる女など不要、という気持ちは分かる。

クローディアの声に、別の女官が応じる。

「グレースさまはもうこちらに向かって移動されているようです」

「では席を、オーランド殿下の下座にもう一つ作りましょう。バーナード殿下は？」

「外出されております」

では止めることは不可能か。来てしまうならそのまま応対するしかない。

慌ててセッティングをやり直し、皆がハラハラしている最中《さなか》、先にオーランドが到着してしまった。

最悪だ、と全員が青ざめる。

こういった場では、身分が一番高い者が最後に来て最初に退室するのがルールなのだ。

それを、勝手気ままに訪問するとか、一体どういうつもりなのか。

オーランドは談話室の異様な雰囲気と、本来なら一つだけの椅子《いす》が二つになっていることにすぐ何かあったと気付いたようだ。

だが問いただしはせず、行儀よく案内された椅子に座り姿勢を正す。その間に、女官の一人がヴァンスに耳打ちし、グレースがここにやって来ると告げる。ヴァンスの鉄仮面なみの表情は変化しなかったが、イラッとした雰囲気になったことは分かった。

本当に、グレースは一体何をしに来るつもりなのだろう。いきなり仲介業が暗礁に乗り上げそうで、クローディアはハラハラする。

それでも、いちいちグレースを待っている時間などない。オーランド殿下は分刻みのスケジュールで動いているのだから。

上座に置いてある椅子にオーランドが座り、その他の者は全員立って控えている。クローディアもいつもは女官として隅に控えているが、今回はルーファスの婚約者として彼の隣に控えた。オーランドがルーファスに声をかけて会話が始まった。

「よく来てくれた、エヌヴィエーヌ伯」

「ハッ、お招きありがたく存じます」

「そう固くならず、色々な話を聞かせてほしい」

「はい。我が領地では……」

ルーファスはちゃんと話題を考えてきたようで、領地の特産品や現在の状況、流行などを分かりやすくまとめて話している。

出世に興味がないようなのでどうなるかと思っていたが、そこまで無能ではなかったようだ。安堵の気持ちが広がる。

いくつか質疑応答があり、場が和やかになってきたころ——招かれざる訪問者がやって来た。

「ごきげんよう、オーランドさま。それにルーファス。懐かしい名前を聞いて、わたくしもお招きにあずかりますわ」

グレースだった。

クローディアは彼女を初めて見たが、男に好かれ女に嫌われるタイプだな、と一目で判断した。

絢爛《けんらん》豪華なレースをふんだんに使った最新のドレスを身に纏い、髪型も顔立ちさえ男受けが良いようにしている、ように見える。前世でいうぶりっ子タイプの、うるうるした瞳とあざとい容姿だ。きっと、全ての事象を可愛《かわい》さと要領の良さで乗り切ってきたに違いないと、少々批判的にクローディアは断じた。

誰をも魅了するような甘ったるい声と表情のグレースだが、オーランドを始めとして、殿下の側近たちの誰一人として表情を緩めない。儀礼として礼をするだけだ。

ルーファスだけが、顔を強張《こわば》らせて彼女を見つめている。

諦《あきら》めて気持ちに蓋《ふた》をしたのに、誘いかける様子を見せられるのは、心が揺らぐのだろう。

グレースはにっこりとルーファスに笑いかける。グレースの毒のような蜜《みつ》が、確かに見えたような気がした。まだこの男は自分に気があるのかを確認したいのだろうか？

グレースは椅子に着くとご機嫌に話し出した。

「オーランドさま。ルーファスの得意なことについて、お聞きになりました？」

「いいや、まだだ」

「ルーファスは剣が得意で、とても強いのですよ。わたくし、何度か見せて頂きましたが、それはもう美しい剣捌《さば》きですの。オーランドさまも気に入られると思いますわ」

「ではいずれ、見せてもらうことにしよう」

「うふふ。ここでは剣技を披露するわけにはいきませんものね。あとは、ピアノもとても上手ですの。ルーファスのピアノ、また聞きたいわ。ね、オーランドさまもそう思うでしょう？」

「そうだな」

この会話は、一体どこに向かっているのだろう。ゾッとしながら聞いていると、グレースが振り返って言った。

「ちょうど、そこにピアノがあるじゃないの。ルーファス、弾いてちょうだい。いつものワルツがいいわ」

「……オーランド殿下がお望みであれば」

ルーファスは絞り出すような声を出す。

オーランドからすれば「許す」と言うしかない状況だ。しかし、この先に何があるかを見極める気もあるのだろう。

「では弾いてくれ。突然のことだが準備が必要だろうか」

「いいえ、準備は必要ありません」

ルーファスがピアノの前に移動している間に、更にグレースが提案をする。

「殿下、どうせなら踊られてはいかがでしょうか。そちらの、ルーファスの婚約者の方が退屈そうにされておりますわ」

「…………」

それが目的なのだろうか。だが一体、オーランドと自分を踊らせて何になるというのだろう。クローディアには分からない。

しかしオーランドは立ち上がった。

そして、クローディアではなく、グレースに向かって手を差し出した。

「この場で、私と踊るに相応しい立場の女性は貴女《あなた》だけですよ、義姉上《あねうえ》。踊って頂けますか」

「……ええ、勿論ですわ！」

オーランドの機転に、内心拍手をした。やはり彼は次代の王に相応しいと誇らしく感じる。

グレースは思惑とは外れた様子だったが、それよりこの場で目立ってオーランドと踊るのを良しとしたようだ。ピアノに合わせてグレースは楽しそうに踊りだす。

ごく一般的な円舞曲だが、ピアノは乱れがちだ。苦悩に塗れた表情で、目の前の元カノを見ているから集中出来ないのだろう。

これ以上、イマイチな腕前のピアノを晒《さら》しては評判が下がるのみだろう。

クローディアはつかつかとピアノの前に移動した。

そして、ルーファスの右側の鍵盤《けんばん》に右手をそっと置いた。

連弾を試みたのだ。すぐに彼も気付いて合わせてくれる。クローディアはそこまでピアノの技量もないしこの曲の譜面を覚えてもいないので、メロディラインだけを片手で弾くことになる。

それに合わせて、ルーファスが他のパートを演奏してくれる。侍従の一人が気をきかせて椅子を持ってきてくれたので、二人で並んでワルツを奏でる。

一曲はあっという間だった。

終わると、すぐに周囲から拍手があがる。どうやらそこそこの出来栄えにはなったらしい。

「ありがとうございました、オーランドさま。ルーファスも、素晴らしかったわ」

グレースはクローディアをまるっと無視し、息を弾ませてにこやかに挨拶した。

オーランドは正しく紳士の礼をし、そしてそれに合わせてヴァンスが時間を告げる。

「オーランド殿下、そろそろ次の予定の時間です」

「ああ。ルーファス、今日はありがとう。とても楽しめた。次はもう少し深い話をしよう」

「ハッ、ありがとうございます」

オーランドたちが出て行くのを、頭を下げて見送る。

すると、すぐにグレースはルーファスに近付き、声をかけた。腕に彼女の華奢《きゃしゃ》な指が触れ、ルーファスはびくりと身体《からだ》を強張らせる。

「ルーファス、お久しぶりね。積もる話もあるしお茶でもいかがかしら」

まさか了承するのか？　クローディアを含め、談話室内の全員が注視している。

「……生憎、時間がございません」

「まあ、仕方ないわね。次はきっとよ」

「……はい」

伏目がちに頭を下げ続けるルーファスを、にこやかに見るグレースからは、やはり優越感のようなものがにじみ出ていた。

早く吹っ切れるといいね。クローディアはそう思いながらグレース一行の退室を眺める。

貴人たちが退室すると、談話室はやれやれという雰囲気になった。

すぐにここを片付けて、皆元の仕事に戻らなければ。

だが、確かめておくこともある。

「ルーファスさま、お見送りいたします」

「……ああ」

クローディアの申し出に、力なくルーファスが応じる。

別に本当に見送りたいわけではない。聞きたいことがあるのだ。彼もそれは分かっているだろう。

赤いじゅうたんが敷き詰められた長い廊下を歩きながら、さっそく本題に入る。

「本日の予定を、どなたに話されましたか」

「……グレースが来たのは、そっちが情報を漏らしたからではないのか」

「グレース妃殿下、ですわよ。それで、どなたに話されました？」

追及に、ルーファスはイライラとした様子を隠しもせずに言った。

「母にだけだ。それも、王宮に行くとは言ったが詳細は伝えていない」

「……そうですか」

義母ルーナには婚約式で目通りの話をしたが、グレースに漏らすとは考えられない。彼女は、息子が元恋人と早く縁を切ってほしいと願っていた。

では、オーランド側の誰かなのだろうか。

顎《あご》に手を当てて考えていると、憮然《ぶぜん》とした表情でルーファスが言う。

「こっちを疑って謝罪もなしか」

「動揺してピアノも弾けないのを、助けて差し上げたのに礼もなしですか」

「聴いていられない腕前だったがな」

その台詞《せりふ》には上手く反論出来ない。大体、最近はピアノに触れることもなかった。昔、少し習った程度だからちゃんと弾けない。そもそもしっかりレッスンしたところで大した腕前ではない。ぐぬぬ、となって別のことを言い返してしまう。

「世界が終わるみたいな悲愴《ひそう》感《かん》たっぷりの顔をして、みっともない。少しは平常心を保って頂けますか」

「お前こそ、面倒そうな顔をいつも見せている。少しは表情を隠せ」

「それはこちらの台詞ですが！」

キーっとなって大きな声を出してしまったのを、通りかかった役人や女官がちらちら見ながら通りすぎていく。

とにかく、と咳払《せきばら》いをし言葉を続けた。

「グレース妃殿下は何やら目的を持って毒を振りまいていらっしゃるご様子。せいぜい足を掬《すく》われないようお気を付けくださいませ」

するとルーファスは真顔のまま甘ったれたことを述べた。

「分からない。彼女はただ、俺と話をしたいだけなのかもしれない」

クローディアは呆《あき》れかえった表情を隠しもせず、幼児に言い聞かせるように教えてあげた。

「それが何らかの目的があって、と言っているのです。まあこの未練がましさでは、何を言っても無駄でしょうが」

「違う！　俺たちはそんなんじゃ！」

じゃあどうなんだ、とは聞かないでおく。このままじゃ低レベルな口喧嘩《くちげんか》をして、王宮のど真ん中で取っ組み合いでもしてしまいそうだ。

「……次はおそらく、オーランド殿下の執務室に呼ばれるでしょう。今日ご説明されたことのデータなど、詳細資料があった方が良いかもしれません。次回は更に掘り下げてお話ししてください」

「分かった」

素直に忠告を受け入れる度量もあるのか、とちょっと意外に思う。

確かに周囲から優秀な男だとは聞いていた。ただ、女関係が面倒くさいだけで。

それならば、事務的な連絡だけきちんとして、プライベートは関《かか》わらないでおこう。……妻になるというのに変な話ではあるが。

そう判断し、彼を見送る。


その作戦は成功だったようで、ルーファスは執務室に呼ばれる側近の中でもめきめきと頭角を現していく。

これなら、上手くいきそうだ。

そんな風に思いながら婚約期間を過ごし、そしてクローディアたちは結婚式を迎えることになった。

第二章 ◆ 波乱の初夜と魅惑のマッサージ

結婚式準備も婚約式と同様で、クローディアがルーナと連絡を取りながら事務手続きをこなしていった。

参加者も、ルーファスは友人や親族を呼ばないとの意向だったので、前回と同じ教会で、同じメンバーで行うことにした。

参列者が義母と女官長だけの、ひっそりとした挙式はあっさり終わった。

既に指輪も交換しているし、書面での契約も交わしている。

誓います、と一言ずつ言って口付けをしただけだ。

ルーファスは誓いのキスも嫌がるかもしれない、と思ったが軽く触れるだけのキスは一瞬された。

こうして、二人は正式な夫婦となった。

これからは、家も一緒だ。

実家のないクローディアは王宮内に部屋を与えられていたが、エヌヴィエーヌ伯爵家《はくしやくけ》に住むことになる。これまでより通勤に時間がかかるしダルいが、まあ仕方がない。

屋敷では夫婦の寝室と別に個室も与えられている。

まあ夫婦の寝室は、白い結婚だったら使うことはないが。

……と思っていたら、挙式後の初夜ということで伯爵家の侍女たちに磨き上げられ、薄いナイトウェアを着て寝室のベッドに送り込まれてしまった。

気まずい。

すぐに自室に行こうと立ち上がったところに、ルーファスもやってきてしまった。

彼も入浴後のようで、少し髪が濡《ぬ》れている。イケメンはガウン姿でもイケてるな、と思いながら見ていると彼は皮肉な笑みを浮かべて言った。

「殿下の想《おも》いを無視して結婚か。お前もなかなか罪な女だったんだな」

「っ！　何を……」

何を知っているのか、とぎくりとする。

いや、執務室では誰も余計な話などしていない筈《はず》だ。

だが、それでも何か勘付くものがあったらしい。

はっきり言って、ルーファスなんて自分に酔って愛がどうとか口でだけ言っているぼんくら貴族と思っていたので、この反撃には虚《きょ》をつかれた。

彼は鋭く指摘をし始めた。

「殿下は俺の左手の指輪をいつも見ている。それに、お前が執務室に入ってくると気もそぞろになって視線でずっと追っている」

「いいえ、そのようなことはございません」

「認めろよ。王太子殿下は女官に――お前に懸想してるんだ。それでお前は急いで結婚する必要があったんだろ。殿下が思い切った行動をしないように」

「殿下はそのような方ではありません！」

少し気に入られているかもしれないが、オーランドはクローディアのことを『心より信頼している女官』と言っていた。だから、大切にされているに過ぎない。

そう思い込もうとしているのに、ルーファスは聞きたくない言葉で現実を暴いていく。

「お前は以前、真実の愛ならば駆け落ちして全《すべ》てを捨ててでも成就させろ、それをしないのは悲恋に酔っているだけだと言ったな」

「……はい」

クローディアの返事に、ルーファスは冷酷なまでの無表情で詰めてくる。

「殿下はどうなんだ？　殿下は国を捨て、身分を捨ててお前だけを選ばない。お前を俺と結婚させ、ご自分は公爵令嬢《こうしやくれいじよう》を婚約者にするのだろう」

「そもそも、殿下はそのようなお気持ちではございません。それに婚約者はまだ選定されておりません」

「話を逸《そ》らすな。それでもお前を傍《そば》に置きたいという殿下の気持ちは、どう考えているんだ」

どうと言われても、答えに窮する。

クローディアはそのことをあえて深く考えないようにしていた。

オーランドにはこのまま、正しい王太子殿下としての対応を続けてほしい。

「……殿下はそのような気持ちを持っておられません。貴方《あなた》たちと一緒にしないでください」

その返事にルーファスはカチンときたようで眦《まなじり》を吊《つ》り上げた。

「なるほど。お前は、殿下の気持ちは高尚だが俺の気持ちは一段劣っていると、そう考えているのだな。勝手に人の気持ちを推し量って批判するなど、最低だ」

「私は殿下と一度たりとも恋愛関係になったことはありません。誠心誠意、お仕えしているだけです。殿下もそれを良しとしてくださっています」

「殿下も男だ。欲を持ってお前を見ている。本当に気付いていないなら阿呆《あほう》だし、気付きながらも見て見ぬふりをしているなら大馬鹿だ」

「っ……」

本当に、腹が立つくらいずけずけと言ってくる。こちらが考えたくないことを、目の前に持ってくるのはやめてほしい。

しかし、オーランドは以前閨《ねや》の指導をクローディアにしてほしいと望んでいた。最後まで言わせなかったが、それが誰かの耳に入ってしまったのではないかとヒヤヒヤする。どうしてもオーランドを醜聞に巻き込みたくない。

今はまだ下衆《げす》の勘ぐりと言い張れる。

だが抑えつけたところで漏れ出る想いというものが、噂《うわさ》になってしまったら。どこまで何も無かったと主張出来るだろう。

それにしても、ルーファスはどうしてこんなに自分のことを棚上げして鋭いことを言えるのか、と睨《にら》みつける。

　人のことならそう言えるのだろう。クローディアも、ルーファスのことなら簡単に推察して批判出来る。

　何か言い返したいが、頭が煮えて何も思いつかない。するとルーファスはなおも糾弾する。

「殿下を諦《あきら》めさせるのは俺の役目かもしれないが、お前がそんな風に気を持たせたままじゃどうにもならない」

「気を持たせてなんかいません！　普通にお仕えしているだけです！」

「いいや、持たせている。殿下の視線にうろたえたり困った様子を見せたり、いちいち意識している」

　そんなの、どうしたって反応してしまうし仕方がない。それなのに何故《なぜ》責められなければいけないのか。

「人のことより、ご自身のことをどうにかなさったらどうですか。エヌヴィエーヌ伯爵はバーナード殿下のお妃《きさき》さまに未練たらたらだと噂になっております」

　するとルーファスは眉《まゆ》をひそめ、少し考えてから口を開いた。

「……俺たちはもう終わったことだ。過去のことをどうこうするつもりはない」

　しかし胸に抱えたままの想いは、人に見えてしまうのだろう。ルーファスも、オーランド殿下も。

　逃げの一手で、冷めるのを待つだけしか手はないと思っていたが、これは少し、オーランド殿下のことをきちんと考えるべきなのだろうか。

ふと、クローディアの脳裏にルーファスが最初に出仕した日の、グレースの姿が浮かぶ。

グレースはルーファスの気持ちが冷めてしまうのが嫌で、時々自分を思い出させる為《ため》に存在をアピールしているのだろうか。

「なるほど。グレース殿下が思わせぶりな言動を取るのは、終わらせるつもりがないからかもしれませんわね」

「……そんなことはない」

「貴方にあの方の気持ちが分かるとは思えません。誘惑にまんまと乗るようなことはおやめくださいね。それでは、おやすみなさい」

言い逃げして自室にさっさと入る。ルーファスが何か言いかけたが、無視して扉を閉めた。

扉に寄りかかり、ため息を吐《つ》く。やはり、こういう話題になるといつも口論になってしまう。

とんだ初夜になったが、仕方がない。

挙式翌日は流石《さすが》に休みだ。明日はゆっくりして、新居を整えよう。

自分のベッドで悶々《もんもん》と悩んでいたが、いつの間にか寝てしまっていた。


翌日、ルーファスは屋敷から居なくなっていた。領地にしばらく滞在するという。

昨夜の諍《いさか》いが気まずすぎて逃げたのだろう。

だが、こちらは伯爵夫人として、やるべきことを淡々としておくだけだ。

正式に義母となったルーナに、家令やメイドを紹介してもらいこの家でどう暮らすか決めておく。

「日によってお仕えする時間は変わりますが、基本的には朝から晩までのお勤めです。夜はこの屋敷に帰ってきますので、馬車での送迎と夕食はお願いします。もし何かあって不要になった場合は都度連絡します」

「はい」

女官の仕事はシフト制で休みもある。通勤時間が長くなるが、王宮にいると休みの日でも気軽に呼び出されることを思えば伯爵邸に住むのもいいかもしれない。

既婚者は大体、朝から夕方までの勤務になることが多いし、時間も優遇される。独身で王宮の寮住まいだと夜遅くまで拘束されるのだ。前世の会社と同じようなものだ。

昼にはルーナと打ち合わせを行った。

「あれから、問題はございませんか」

親戚《しんせき》と領地の問題には手を打ったが、他に何かあれば力を貸そうと口を開いた。

すると、ルーナはいつものようにこめかみを押さえて、痛みを堪《こら》える表情になった。

「領地や家に関する問題はないわ。頭が痛いのは、ルーファスと貴女《あなた》のことよ」

「どうかなさいましたか」

自分まで頭痛の種になってしまったのは申し訳ない。

そんなに心配しなくても、と思ったのだがルーナは深いため息を吐いた。

「どうかなさいましたか、じゃないでしょう。昨日も激しい口論をしていたというじゃないの。そのまま喧嘩《けんか》別れで、初夜も済まさず、ルーファスは領地へ行ってしまったわ。どうにかする気はないの」

「そこまで激しい口論のつもりは……。それぞれ、主義主張を繰り返していただけです」

「仲良くする気はないの」

「勿論《もちろん》、ございます」

別にルーファスに対し、嫌いとか憎いとかいう感情は持っていない。

ただ思考が似ているせいで、ついつい言い返してしまうだけで。

その辺りは黙っておくが、ルーナはクローディアの返事に満足したようだ。

「そう、良かったわ。貴女には三人は子を産んでほしいもの」

「えっ……」

「縁戚《えんせき》に頼れない以上、この家の後継ぎは必須《ひっす》でしょう。それに王太子殿下にお子が産まれた時に、従者となる子も欲しいわ。男子だけでなく、女の子も欲しいし」

まだ結婚もしていない王子の、産まれるかどうかも分からない子に従う為に子どもを産めとは恐れ入る。

だが、人材こそ宝で血の繋《つな》がりを重要視する貴族社会なら、それくらいの考えを持つのは当然か。

ヤバイ、白い結婚とか言っている場合じゃないかもしれない。クローディアの背中に冷たい汗が流れる。

しかしクローディアに受け入れる意思があっても、男の方が嫌なら出来ないのが子作りというものだ。まあ、慌てずとも時間をかけたらいい。ルーファスの子なら、別の女が産んでも良いわけだし。

色々考えながら言葉を選んで返事をする。

「まあ、それは、授かりものですので……」

するとルーナは目を吊り上げた。

「授かる為のことを何もしていないじゃないの！」

「それは。まあ……、あまり、急がずとも……」

「とにかく何とかしてちょうだい。はぁ……」

頭痛を堪える表情のルーナは、げっそりやつれていた。

「お義母《かあ》さま、大丈夫ですか」

「最近、色々心配で眠れないの」

クローディアの方は昨日、色々考えて眠れないな～と思いながら気付いたらぐっすり寝ていたので、これには心が痛む。罪滅ぼしに、一つ提案をする。

「マッサージ、してもよろしいでしょうか。血行を良くしたら、少しは頭痛もマシになると思います」

「マッサージ？　でも、あまり頭に触れられるのは嫌だわ」

痛みもあるし、髪も綺麗《きれい》に結い上げてセットしているので、嫌なのだろう。

それでは、と代替案を出す。

「足のマッサージはいかがでしょうか」

「足？　構わないけれど。くすぐったいのは嫌よ」

「はい。それでは昼食後に、お義母さまのお部屋にてお願いいたします」

昼食後に使用人に頼んで桶《おけ》にぬるま湯を入れてもらい、ルーナの私室に運んでもらう。タオルを何枚かと、アロマオイルも何種か持って来た。

初めてルーナの私室に入ったが、重厚で威圧感のある部屋だと感じた。置いてある家具、ベッドやチェストなどすべてが古めかしい。よく手入れがされているが、年季の入った物のように見える。ルーナとは雰囲気が合っていないが、こういう部屋が好みなのだろうか。

「お義母さま、どの香りがお好みですか。こちらはラベンダー、こちらはカモミール。東方の香木のサンダルウッドもあります。それからスイートオレンジも」

「そうね。サンダルウッド、いい香りだわ」

「流石です。こちら貴重で高貴な香りで、リラックス効果もあるんですよ」

実は全て、リラックス効果があり、安眠を促すアロマオイルだが、そう褒めそやす。

前世ではディフューザーを使ってアロマの香りを楽しんだりしていたのが、ここでも役立つとは。

この世界では広く知られていなかった精油を、殿下の安眠の為に伝手《つて》を頼って商会に作ってもらったのだ。

桶の中に精油を垂らし、そして丁度部屋に長椅子《ながいす》があったのでそこに腰かけてもらう。片側に傾斜したアームが付けられていて、横になることも出来る、貴婦人の為の寝椅子だ。

その寝椅子だけは寛《くつろ》げて、他の家具とは雰囲気が違うように感じた。ちぐはぐな様子だ。欲を言えばリクライニングチェアが欲しい。それと、施術用のベッドも。

そこまでするのは大袈裟《おおげさ》だろうか、と考えながら桶に足を入れてもらい、少し雑談をする。

「このソファ、素敵ですね」

「ふふ。そうでしょう。これは私が好きなデザインと色で作らせたものなのよ」

「とても寛げそうです」

「そうなの。この椅子だけが、私の寛げる場所だわ……」

「お義母さま……」

なんだか沈み込んでしまった義母の足を桶から出して、片足ずつ拭《ふ》いていく。そしてタオルを巻きつけ、湯冷めしないようにしてからオイルマッサージを始めた。ホホバオイルもマッサージ用に精油にしてもらったのだ。

足の甲から始め、力加減を確認して大丈夫そうだったら足裏の施術もする。

「力加減は、大丈夫でしょうか」

「ええ、いいわ」

リフレクソロジーは何度もお店に行ってやってもらったが、人に施術するのは自己流だ。ツボという概念がない国なので、痛いのは嫌だろうと優しく血行を良くしていく。

片足が終わった頃に、ルーナはぽつぽつ語りだした。

「この部屋は、代々大奥さまが住まう部屋なのよ」

「……」

「私が嫁いだ時、姑《しゅうとめ》がこの部屋の主《あるじ》だったわ。堅苦しくて時代遅れで、こんな姑には絶対なりたくないって思っていたけれど。私もそうなっているのかしら」

「そうはなっていないと思います、けれど、このお部屋はその時から変えていないのですね」

その言葉に、ルーナはため息を吐いた。

「先代から残っている使用人は大抵、変革を好まないのよ。それに抗《あらが》って戦うのも、疲れるもの。この新しい寝椅子を作らせたのが、私の精一杯の抵抗よ」

伯爵家の大奥さまであっても、改革は大変らしい。

話を聞きながらふくらはぎまで施術していると、ルーナはうとうとと居眠りを始めた。睡眠不足で急激に眠くなったのだろう。

クローディアは控えていた大奥さま付きの侍女であるヘレンに合図をし、一緒にルーナを寝椅子に横たわらせた。ルーナと同じくらいの年頃に見えるヘレンだが、意外と力持ちで助かった。ルーナが痩せていて神経質そうに見えるのに比べ、ヘレンはぽっちゃりとして大らかそうだ。二人は主従ながら仲が良さそうで、ヘレンはルーナに忠実に見える。

眠ってしまったルーナに上掛けもかけて、カーテンを閉めておく。そして三十分後にカーテンを開けて、ハーブティーをルーナに出すよう指示しておいた。

ヘレンはしっかりと頷《うなず》き、そして言った。

「大奥さまはいつも寝付きが悪く、眠りが浅いのです。こんなにぐっすりお眠りになられているのは珍しいですわ」

「ランチ後にマッサージすると、眠くなりやすいのよ。ねえヘレン、私、やっぱり施術用の部屋を作りたいのだけれど協力してもらえるかしら」

「施術用の、お部屋……？」

ヘレンを巻き込み彼女経由でルーナの許可を貰《もら》い、施術用のベッドと椅子を客間の一室に置けるようになった。

ルーナはマッサージ後に体が軽くなって頭痛も治まったらしく、家令に有無を言わせず施術室を作ることが出来た。手配ももっと大変かと思っていたが、ヘレンは優秀で、希望通りのベッドと椅子を置けることとなった。

その後も、ルーファスは領地に引きこもり、クローディアは出仕して変わらず女官として働いていた。

その変わらなさ具合に十日ほど経《た》ったある日、ヴァンスに呼び出されてしまった。

ヴァンスはオーランドの第一の従者を自称する侍従だ。オーランドが産まれた時から仕えているというのが自慢で、王子を大切に、それはもう大切に思っている。

ただし、ヴァンスが大切にするのはオーランドのみだ。たとえ王族や目上の貴人でも、慇懃無礼《いんぎんぶれい》に接するし目下の者には素っ気なさすぎる対応だ。

年齢はクローディアより一つ上の二十一歳。年若いが汚れ仕事もするせいか、見た目からして冷血かつ酷薄そうだ。顔とスタイルは良いが、人でなしな性格が滲《にじ》み出ているとクローディアは批判的に見ている。

ヴァンスはヴァンスで、クローディアを目の敵にしている。それには嫉妬《しっと》も含まれているようだ。彼は出来ることなら、クローディアをどこか別のところに追いやってしまいたいのだ。しかし、それを画策中にオーランドがストレスで具合が悪くなるという予想外の反応をしてしまったので失敗に終わった。

クローディアは、自分を見下ろす冷酷そうな瞳《ひとみ》を見る度に「嫉妬乙《おつ》」とニヤニヤしてしまいそうになるが、生真面目な顔を装っている。

そのヴァンスが問いただす。

「貴女と夫君はどうなっているのだ」

「万事、つつがなく」

「嘘《うそ》はつかなくていい。この間は王宮内で口論していたというではないか」

「あれは、口論ではなく話をしている際につい声が大きくなっただけです」

ヴァンスがぎろり、と睨みつけて言う。

「貴女が夫と不仲では、殿下に悪影響だ。何とかしたまえ」

「不仲ではございませんし、特に問題はございません」

「新婚早々、夫君は領地に行っているのだろう。よく平気な顔でいられるな」

苦々しく言われて、そういえばそうだったな、と思い出す。

義母や優しい使用人たちと楽しく過ごしていたし、帰ったら夕飯はあるし洗濯や風呂も用意してもらえる、超快適生活だったせいで忘れていた。

今まで住んでいた女官の部屋も寮としては豪華だが、集団生活にはルールや人の目もある。伯爵邸は実家のような安心感で、はっきり言って甘やかされていた。

「……よくご存じですね」

そう返事をするとまた冷たく見下ろされる。

「夫君が殿下のお側《そば》に上がらないからだろう。早く出仕せよと伝えておけ」

「領地の問題が片付きましたら、戻られます」

引きこもりは正直彼の精神的な要因によるものだと思われるので、いつになるかは分からないけど、とりあえずそう伝えておいた。

「それがいつか分かったら、すぐに伝えるように」

「はい」

「それから明後日《あさって》、新たな側近候補のお目見えを談話室で行う。また闖入者《ちんにゅうしゃ》が居なければいいが」

そこでクローディアはピンと来た。

ヴァンスは前回の情報を漏洩《ろうえい》させた人物を探しているのだ。きっと、前回情報を知りえた人物に一人一人、別の情報を流して、どれがグレースに漏れるかを確認しているのだろう。

クローディアは半笑いになるのを抑えて口を開いた。

「ご苦労様でございます。しかし、我が夫君と先方が直接繋がっていたら、このやり方は不発なのではないでしょうか。本人は否定しておりましたが」

するとヴァンスは眉間《みけん》に皺《しわ》を寄せ苦々しい表情になった。

「チッ、いちいち癇《かん》に障ることを。エヌヴィエーヌ伯爵には殿下の側近としても期待している。彼は頭も良いし忠実だ。あの女との繋がりだけが懸念事項だ」

「はい」

先方、そしてあの女とは勿論ルーファスの元カノ、グレースのことだ。ヴァンスは無表情のまま冷淡に言い放った。

「いいか。夫君をこちら側に完全に引き込み、あの女と手を切らせろ。分かったな」

「彼はこちらからの利益を享受しておりますし、それほど懸念事項とは思いませんが」

ルーファスはボンボンであくどい性格では無さそうなので、利益を与えたらこちらにも協力するだろうと見ていた。

しかしヴァンスは冷たく言い放つ。

「男女の情とはそう割り切れるものではない。貴様には分からないだろうが」

「それ、ヴァンス殿がおっしゃいます？」

思わず言い返してしまった。ヴァンスの眉がぴくりと反応する。

彼の評判は、女官やメイドの間でもとても悪い。女を利用して情報を吸いだしたらポイ捨てするような性格だからだ。

彼の行動の全てはオーランドの為にあるので、無用になればすぐ関係を断つし、害となるなら追い落とす。顔は良いが中身はろくでもない男だから関《かか》わらない方が良いというのが女官仲間の共通認識だ。

ヴァンスは珍しくイライラとした様子で言った。いつもは冷静で無表情なのに、珍しい。

「私のことはいい。貴様が殿下を大切にしているその気持ちを、夫君に少しでも向けるんだな」

「はい」

クローディアが見た目だけは素直に返事をすると、ヴァンスは冷たい視線を向けて言い放つ。

「夫君が貴様に神経を逆なでされる気持ちは分かる」

「は？　ルーファスさまは神経を逆なでされているのですか？　一体どうして？」

「己の態度を省みろ」

吐き捨ててヴァンスは行ってしまった。

最初は貴女と言っていったのに、途中から貴様と呼ばれ、イライラされていた。彼とは反りが合わないのだろう。クローディアとて別に仲良くはしたくないが、特に嫌いという感情もない。

まあ、義母にもヴァンスにも釘《くぎ》を刺されまくったので、次にルーファスと会う時は殿下に仕えるように接すると良いのかもしれない。そう思って踵《きびす》を返した。

今日は休日だ。

クローディアはゆっくり寝坊をして、ブランチを用意してもらった。美味《おい》しいパンケーキと紅茶に舌鼓を打ち、至福の時を過ごしている。

するとヘレンがスッと近付いてきた。

「クローディアさま、例のお部屋が完成しております」

「まあ、ありがとう。では、この後見に行くわ」

食後に施術室を見に行くと、とても感じが良く寛げる部屋になっていた。白を基調とした明るい部屋で、陽《ひ》の光が柔らかく差している。屋敷の他の部屋はどちらかといえば重苦しくひんやりとした雰囲気なので、一層過ごしやすく感じられる。

高級マッサージ店の個室でも、こんなに広く素敵な部屋はなかなかないだろう。目を見張って部屋を見て回るクローディアに、ヘレンが声をかける。

「いかがでしょうか」

「素晴らしいわ。ベッドもチェアも、思った通りのものだわ」

ベッドは枕元《まくらもと》から施術出来るし、簡易ベッドながらガタガタとしないしっかりした造りだ。

椅子もリクライニングでもたれて施術出来るし、そのまま眠れるようにもなっている。前世で一番良かったリクライニングチェアを想像しながら注文した物だが、なかなか良い。

満足して頷きながらヘレンに伝える。

「午後から、お義母さまに施術を受けて頂きたいのだけれど、お時間取って頂けるかしら」

「はい、そのように手配いたします」

「その前に、ヘレンにこのリクライニングチェアを試してもらいたいから時間をちょうだい」

すると途端にヘレンは戸惑った様子を見せる。

「え……、私にですか？　最初は大奥さまにして頂いた方が……」

「ヘレンに施術して覚えてもらえれば、お義母さまの足が冷たい時に出来るじゃないの」

「……！　私に、教えて頂けるのですか」

「ええ。どんなものか、体験してみると良いでしょう」

「ありがとうございます！」

正確に年齢を聞いたことはないが、ヘレンはルーナと同年代に見える。年上の女性にそのように感激されると、まんざらでもない気持ちになる。

クローディアはルーナが来るまでの時間に、ヘレンに説明しながら足のマッサージを施した。ヘレンは気持ちよさそうではあったが、眠らないよう気を付けて喋《しゃべ》っていた。

ルーナとの約束の時間が近付くとクローディアは一旦《いったん》自室に戻り、地味なデイドレスからモスリンのシュミーズドレスに着替えた。コルセットが要らず、柔らかな素材のドレスは動きやすい。

それに、ルーナは自分だけ髪が乱れて眠ってしまうのを気にするだろうから、クローディアも寝間着のような服装になったのだ。

施術部屋でアロマの準備をしていると、ルーナとヘレンがそっと入ってきた。どぎまぎしながらこっそり忍んで来るような様子が、少し面白い。

クローディアは高級マッサージ店の店主のような気持ちで二人を出迎えた。

「ようこそ、いらっしゃいました」

ルーナが感激したように部屋を見回す。

「まあ、こんな部屋を作ったのね。素晴らしいわ。明るくて、寛げて、こんな場所でゆっくり出来るなんて嬉《うれ》しいわ……」

「ヘレンが監修してくれたのですよ。きっと、お義母さまに相応《ふさわ》しいお部屋となるよう考えてくれたのでしょう」

「ヘレンも、ありがとうね」

ヘレンは黙って頭を下げたが、笑顔は隠しきれていない。

「さ、お義母さま。この寝台の上で仰向《あおむ》けになってください。お願いした通り、コルセットは着けていらっしゃらないですよね」

肩から首、そしてヘッドマッサージをしてそのまま眠ってもらうので、コルセットは着けないようあらかじめ伝えておいたのだ。服装も、眠りやすいものと言ったので、ゆったりとしたシルクのドレスを着ている。

カーテンを閉め部屋を薄暗くし、ヘレンに見てもらいながら静かにマッサージをすると、すぐにルーナは眠ってしまった。

ルーナが眠った後も、一通り血行を良くするマッサージを施す。そして終わってから、彼女が冷えないように厚めのタオルケットをかけた。脇《わき》に控えているヘレンに小声で指示する。

「三十分後にカーテンを開けて、ゆっくりお義母さまを起こして。その後、ハーブティーね」

「はい、分かりました」

「ヘレンもゆっくりしておいて。そこのリクライニングチェアに座っていいから」

「いえ、そのようなことは……」

「では、施術用の普通の椅子にでも座って休んでおいて」

後はお願いね、と指示してからそっと部屋を出る。施術室でクローディアまでじっと待機していたら、ルーナが目覚めた後気詰まりだろうと気遣ったのだ。

一人で廊下を歩いて部屋に戻りながら考える。

このマッサージ技術、とても使えるのではないだろうか。もし王宮をクビになっても、この腕一本で食べていけるかもしれない。もしかして自分のチートスローライフはここにあったのでは？

しかし、こういうのは技術より集客と接客だと聞く。

接客には全く自信がないし、女一人だと変な客に対応出来ないかもしれない。どうすれば良いだろう、と考えていると、玄関ホールがざわついているような気がした。遠くから、音が聞こえる。

何だろう、と耳を澄ますとずかずかと足音を響かせこちらに歩いてくる人物が見えてきた。

「ルーファスさま……」

クローディアを見つけたルーファスは、怒りを滲ませて言う。

「昼間から、なんて恰好《かっこう》だ」

「はあ。普通のシュミーズドレスですが」

この家では昼からコルセット必須なのだろうか。そんな古いしきたりは勘弁してもらいたい。

そんな気持ちで返事をすると、彼はますます腹を立てたようだ。

「俺が居ない間こそこそ部屋を変えて、寝台まで作ったそうじゃないか。一体何をしているんだ」

「気になるなら、後で部屋を案内して差し上げます」

「後で？」

「今は来客中ですので」

その言葉を聞くと、ルーファスはサッと顔色を変えて、クローディアを押し退《の》けるようにして歩いていく。クローディアは驚いて追いかけた。

「ちょっ、ルーファスさま!?」

足が長いので、つかつかと歩かれたら小走りにならないと追いつけない。

クローディアは一生懸命追いかけるが、ルーファスは無視して進んでいく。そして施術室の前に立った。

「ここか」

「お待ちになって。まだ開けないでください」

ルーファスはそれも無視して、ノックも無しに扉をバンッと開けた。

中で、施術者用の椅子に腰かけていたヘレンが驚いて立ち上がる。

そのヘレンも押し退けるようにして、ルーファスは施術ベッドの上に横たわっている人物を確認した。

当然、それは彼の母親なのだが。

流石に物音と気配で起きたルーナが、驚いて半身を起こした。そして狼藉者《ろうぜきもの》を確認して更に驚いて口を開いた。

「まあ、ルーファス。帰ったのですか」

「母上……、はい、戻りました」

彼も母親同様、驚いていた。

クローディアもびっくりだ。

「ちょっと、いくら親子でも突然部屋に押し入るのは失礼でしょう」

クローディアが苦言を呈すると、ルーファスは黙って出て行ってしまった。

一体何なのか。

事情を訊《き》くべく、憮然《ぶぜん》として追いかける。

またすたすたと歩くので、小走りにならなければいけないのが疲れる。

結局、ルーファスは応接室のソファにドサッと座って家令にお茶を命じた。

家令は老練なシルバーグレイの髪の中高年だ。義母よりもう一回り年上な感じだろうか。家令は若夫婦の揉《も》め事には我関せずといった感じで悠々と退室していった。

ハアハアと息を切らしつつ、クローディアは質問した。

「一体何なのです？　帰るなり、礼儀も忘れた振る舞いで」

「言った通りだ。君がこそこそ寝台やいかがわしい椅子を作らせて、部屋を変えたと聞いた」

「いかがわしい椅子！　ちょっと悪意がありすぎる報告じゃございませんこと？」

「何故母上があそこに居たんだ」

クローディアは呆《あき》れながら教えてあげた。

「あそこは、不眠症状のお義母さまを癒《いや》す為に、ヘレンに作ってもらった部屋です。安眠マッサージをしたのですよ」

するとルーファスはまた眉間に皺を寄せる。

「……それは、殿下にも施したといういかがわしいマッサージか」

「ちょっと！　いかがわしい言いすぎじゃございません？　別にいかがわしくはありません！　お義母さまにも受けて頂いて、リラックスして頂けたものです！」

「殿下はそのマッサージを受けて、骨抜きになったという噂だ」

「……それ、どなたがおっしゃっていたのですか」

そんな話は、秘中の秘だ。

オーランドの——王子の私室での話は一切口外しないのが常識だ。

噂になど、なっているわけがない。そんな噂が流れたら、ヴァンスは絶対犯人を捕まえてものすごくえげつない報復をするだろう。

「……」

クローディアの問いかけに、ルーファスは無言で視線を逸らした。

つまり、言えないような相手ということだ。

「グレース王子妃殿下、ですか」

「違う、彼女は何も言っていない」

「そんな噂はあり得ないのですよ。私どもはオーランド殿下のプライベートは一切口外せず、噂話など徹底して潰《つぶ》しているのですから」

「だが、殿下が君に好意を抱いているのは明らかだ。傍に居ればすぐ分かる」

「貴方と王子妃殿下の仲もね。まだ連絡を取り合っているとは、情報管理も何もありませんね」

「違う！　連絡を取っているわけではない」

この期に及んでそれを信じられるわけがない。

そこに、紅茶のワゴンを持って侍女と家令が戻ってきた。話はここまでか。

明日、この情報をヴァンスに一応報告しておかなければ、とクローディアが考えをまとめていると、ルーファスが話を続けた。

「俺の手紙を無視していたのは何故だ」

「手紙、ですか……？」

「そうだ。いくら出仕で忙しくても返事を書く時間くらいはあっただろう」

「受け取っておりませんが」

クローディアが返事をすると、ルーファスが眉を吊り上げる。

「では、手紙は届いていないというのか」

そこに、家令が口を挟んだ。

「坊ちゃまのお手紙は、全て届いておりましたよ」

「どちらに？」

クローディアの言葉に、家令は当然のように答える。

「夫婦の間でございます」

あっ、と思い当たる。

そういえば、この屋敷に引っ越して最初の頃に、郵便物は夫婦の寝室に届けると言われていたのだった。ルーファスが出て行ってからそこには一切足を踏み入れてなかったし、その話もすっかり忘れていた。

というか、手紙が届いていると言ってくれたらいいのに、何も言わず後だしで教えるとは。クローディアはそこに悪意を感じ、自らのミスを棚にあげ、ぐぬぬと唸《うな》った。

「これは随分古典的なやり方にハマってしまったわね。ではまあ、次からは気を付けます」

この老獪《ろうかい》な家令を権力から切り離すことも含めて考えなければ。きっと彼は、ルーファスの妻の座にクローディアを座らせるのは反対だろうから。

そのまま家令に紅茶を出されたが、クローディアは断った。

「あまり紅茶を飲むと夜、眠れなくなるの。お水で結構よ」

「紅茶で眠れなくなるのか？　それくらいで」

するとルーファスが胡乱《うろん》な表情で尋ねる。

紅茶にも勿論、カフェインが入っているから朝の目覚めにはいいが、夜以降はやめておいた方がいいだろう。クローディアのように気になる人は昼からもう飲まない。

「人によりますわね。私は朝だけにしておりますの」

「それで、手紙を出さなかった謝罪は？」

しつこいな、コイツ。

クローディアは色々文句を言いそうになるのを堪え、立ち上がった。

「それではお詫《わ》びに、旦那《だんな》さまにいかがわしくない施術をして差し上げます」

「受けて立とう」

ルーファスもすっくと立ち上がる。

受けて立つとは、決闘か何かと間違えているのではないか。

とにかく、二人は再び施術室へと舞い戻った。


施術室から既に義母とヘレンは去っていて、乱れたリネン類も持ち出され、部屋も片付けられていた。ルーファスに真新しいマッサージチェアを指し示して説明した。

「そちらの椅子は、フットマッサージの為に作ったものです。リクライニングがあるので、ゆったり座って施術を受けられます。座ってみてください」

ルーファスは素直に座って足を投げ出す。

足、なっが。

何故か反感を覚えてしまい、眉間に皺が寄ったが前に回り込んで説明を続ける。

「本来なら、足湯を使ってからアロマオイルでマッサージします」

「それは君が、ここにしゃがみ込んでするということか？」

「いえ、しゃがまずこの小さな椅子に座って施術します」

四角いクッション状の椅子を指し示すと、ルーファスも眉間に皺を寄せた。

「同じことだ。そんな服装で前にしゃがみ込んだら、胸が丸見えじゃないか」

「今日はたまたま、楽なこの恰好ですが普段は違いますから」

「これを殿下にもしたのか」

「いいえ。殿下にはしておりません。お義母さまだけです」

ヘレンにもしたが、まあ黙っておく。

だが、ルーファスはぶつぶつ言っていた。

「こんなに近くで触れられるから、殿下も惑わされたのではないか」

「殿下には後ろから、後頭部や首へのマッサージだけです。当然、部屋には何人も人がおります。疑われるようなことはしておりません」

「だが現に、殿下は君を気にしておられる」

なおもしつこく食い下がるルーファスに呆れる。

「それは一過性のもので深刻に考える必要はないと、そういう見解です」

「そういうことにしたいのだろう。殿下の御心《みこころ》は分からない」

絶対、誰に何を聞いたか問いただしてやろうと決心し、整えられた施術台に上がるよう促した。

「ブーツを脱いで、仰向けに寝てください」

「分かった」

ルーファスの視界を奪う為に、目の上にタオルを置いて覆ってやる。

顔ちっさ。スタイル良すぎか？

思わず胸中で毒つく。

足は長くて寝台からはみ出ているのに顔は小さい。本当に外見だけは完璧《かんぺき》で、クローディア好みな男である。

身体《からだ》の上にもタオルケットをかけて、足が冷えないようにしておく。

クローディアはゆっくり力をかけて夫の頭を揉み始めながら声をかけた。

「このマッサージは、リラックスが大切です。意識して深呼吸して、身体から力を抜いてくださ い」

「ああ」

義母と同じ、サンダルウッドの香油を少し使って、後頭部からマッサージを始める。それと同時に、事情聴取も試みる。

「先ほどの話の続きですが」

「…………」

「グレース殿下に何か言われたのではないですか」

「彼女とは連絡は取っていない。ただ……」

「ただ？」

「彼女からの使いが来た。会って話したいことがあると。俺は断った」

「なるほど」

気持ちよさのせいか、素直にルーファスは話し始めた。

何となく、分かった。それで使いが話したのかもしれない。

「俺が断ると、話の内容はこうだと使いが告げた。二人がいかがわしい仲だと」

「分かりました。どうにも、グレース殿下の目的が分からないのですが、貴方の心を引き留めておきたいのでしょうか？　私への疑心を仕向けることによって？」

「……否定してくれ」

「はい？」

低い声に、思わず手が止まる。

顔は見えないが、恐らくルーファスの苦悶《くもん》に満ちた声が聞こえる。

「はっきり誓ってほしい。殿下とは、何もないと」

「はあ。何もありませんが」

「……それならいい」

自分は他に愛する者があるとか言いながら、人には貞淑を求めるのだなこの男は、と思った。

その思いが伝わったかのように、ルーファスが口を開く。

「随分、都合が良い言い分だと思うだろう」

「いえ、夫が妻に貞淑さを求めるのは当然ですので」

「……君は、腹立たしいし俺を苛々《いらいら》させるが、性根は良いと思う」

「はあ」

喧嘩売ってるのか？　褒めてるのか悪口なのか分からない言い草だ。

彼は続けた。

「領地の問題も、こちらが思った以上にきちんと解決してくれていた。領民は皆、二重支配から解放され喜んでいた。居座っていた縁戚も追い出され、新体制についてもきちんと定められ、とにかく皆が感謝していた」

なるほど。どうやら領地でありがたさを実感して、少しは心を開く気になったようだ。

「それはようございました。感謝されようと思ってしたことではございませんが、こちらも嬉しいです」

素直に受け止めるのは評価してやろうと、クローディアは上から目線で認めてあげた。

「それに、母のことも気にかけてくれている。婚約式や挙式も、俺が何もしなくとも文句の一つも言わずに全て手配してくれていた」

「それが、私の役割ですので」

「俺も、いつまでも過去にしがみついていないで前を向こうと思えた。クローディアを見ていると、自然にそう思えたんだ」

「っ……」

初めて、彼に名を呼ばれた。

たったそれだけのことで、何故かドキドキしてしまう。

「だから、俺は……、クローディアを信じたい」

ふいに高鳴った心臓に、自分で戸惑いながら、クローディアは視線を彷徨《さまよ》わせる。これは彼の顔が良いからだろうか。それとも、他人に信頼を寄せられたからだろうか。

今まで、異性と親密な関係を築いたことはなかった。それは前世でもそうだった筈だ。顔の良い男に心を開かれると、ドギマギしてしまうのだなと自覚しながら口を開く。

「……ありがとうございます」

「クローディア」

「ルーファスさま、今は、力を抜いてリラックスして、何も考えずに私を受け入れてください」

「ああ」

本当に力を抜いたのだろう。ヘッドマッサージを続けると、やがて規則正しい寝息が聞こえてきた。

まあ、帰るなりテンションが乱高下したので、落ち着いたらすぐ眠くなってしまったのだろう。

クローディアは先ほどと同じく、マッサージを終えると部屋を薄暗くし、静かに扉を閉めて退室した。それからルーファス付きの使用人に、三十分後にカーテンを開けて起こすよう言いつけておく。

彼が眠っている間に、部屋に戻って元の地味なデイドレスに着替えておく。シュミーズドレスは、この屋敷ではあまりに庶民的と思われたのかもしれない。

それにしても、と考える。

こんなにすんなりルーファスと打ち解けられるとは思わなかった。

ルーファスはルーナの言う通り、本当に素直な良い子なのかもしれない。ちょっと最初の恋愛で女に捨てられてしまったが、まだ若いしすぐ立ち直れるだろう。

そう思いながら、二人の寝室に行って手紙を探す。

手紙は、一見したところでは分からない机の引き出しの、更に箱の中に厳重にしまわれていた。あのじじいめ。どう考えても悪意がある。

手紙を開くと、領地での仕事内容、現地でしか対応出来ないことなどが書かれてあった。

まあ分かりやすい報告書である。完全にビジネスレターだが、報告してくれてありがとうという返信は必要だ。今さら返事を書いても遅いが、とレターセットを取り出していると、扉がノックなしにバンッと開けられた。

えっ、と思って振り返ると、ルーファスだった。

だが、また怒りの形相だ。

何故。ついさっき、良い感じだったのに。

「お前は！　何故俺を放置して行くんだ！」

「えっ……、時間が来たら起こすよう、言いつけておきましたが」

「放《ほう》っておかれて一人で目を覚ます者の気持ちになれ！」

どうやら、使用人が起こす前に目が覚めてしまったらしい。それで放置されたと怒っているのだ。

妻としての正解は、夫が起きるまで傍に付き添っている、だったのかもしれない。

だが、そんなのいちいちやってられるか、という気持ちになってしまう。

「まあまあ、別にそこまで怒ることではないでしょうに」

「君は殿下にもそういう態度なのか？」

「いえ……、でも殿下が目覚めるまで傍にいるということはありません。女官は退室しますし、護衛も侍従も部屋の外で待ちますわね」

しかしルーファスはなおもぷりぷりとして言う。

「君は、殿下には心を尽くし仕えているように見えた。だが、俺への態度はとんでもなく適当で、まるで居なくても良いと言っているかのようだ」

それは、その通りかもしれない。

顔合わせの時の彼の発言のせいもあるが、彼には何も期待せず、尽くさず、まあ頼まれたことはやっておくが他は別にいっか、という気持ちでいっぱいだ。

その辺りが、神経を逆なですると言われる所以《ゆえん》なのかもしれない。

クローディアは理解して反省した。

たとえそう思っていても、それを表に出してはいけない。

だとすれば、今は肯定はせず取り繕うしかない。

「そのようなつもりはないのですが、ルーファスさまのお心には別の方がいらっしゃるでしょう？　娶《めと》ったばかりの妻があまり馴《な》れ馴れしく近付くのも鬱陶《うっとう》しいでしょうから、少し離れることを心掛けております した」

言い訳と見せかけ、攻撃する手法だ。お前が最初に言ったんだからな、という理由にはそれ以上踏み込めまい。

するとルーファスは少し悲しそうな表情になったが、話を続けた。

「あの時は、すまなかった。また信じて裏切られることを恐れるあまり、君に当たってしまった」

なんと、素直に謝ってきた。

やっぱり良い子なんだなあ。

クローディアは半ば感心しながら謝罪を受け入れた。

「いいえ、謝らないでください。あの時の、偽りなきお気持ちを正直に伝えてくださって良かったと思います。人は変わっていきますから」

ルーファスが見つめてきた。

「クローディアの気持ちはどこにある？　君のことが分からない。教えてほしい」

気持ちはどこ、と言われても分からない。今はここにある、と答えるのは哲学的すぎるだろうか。

「気持ちは……、どうなんでしょう……？」

「いつか、殿下の手を取るのだろうか」

もしかしてルーファスは悪意ある他人に煽《あお》られ、今めちゃくちゃ不安になっているのではなかろうか。

ただでさえ、恋人に捨てられてしまったのだ。妻にも捨てられるということもあり得るかも、と考えずにはいられないのだろう。

でも今のクローディアに、貴方が好きだから別れません、とは言えない。だってそれは嘘だ。クローディアは誰も好きではない。強いて言うなら自分が好きだ。

でもそれを正直に言うのは妻としてダメすぎる。だから、彼が安心出来てかつ素直な気持ちを伝えた。

「いいえ、殿下の手は取りません。手を取るとすれば、それはルーファスさまです」

「それが本当なら、嬉しいが……」

まあ口でなら何とでも言えるから、すぐには信じてもらえまい。だったらと、クローディアはもう一歩踏み込むことにした。

「ところで先ほどおっしゃっていた、いかがわしいマッサージ、ですが。興味はおありですか」

「っ……！　誰かに、したことはあるのか」

「いいえ、誰にも。もしご興味がおありでしたら、旦那さまに施術したいのですが」

いずれは子作りをしなければいけないのだ。少しずつ距離を詰める為にも、ルーファスに気持ち良いことをしてあげようと思いついた。今日いきなり最後までするつもりはないが、肌を触れ合わせて親密になるのは良いことだろう。

ルーファスの方は、怪しむ気持ちが大きいようで疑念の混じった声を出す。

「そんなものを、何故知っているのだ」

「知識として、ですわ。もしよろしければ、今夜また、ここにいらしてください」

露骨な誘いかけに、彼は目を逸らして伏せてしまった。

クローディアはフフフと笑って、手紙を持って自室へと戻ったのだった。


その日の夕食は久々に三人で取った。大きなダイニングテーブルが設置されているダイニングルームだ。いかにも貴族の晩餐会《ばんさんかい》が開催されそうな机に、三人で着いて食事を取る。給仕の使用人は数名だけで家令は居ない。

ルーファスは口数が少なく、むっつりと黙って食べている。

おそらく、この後起こることを意識しているのだろう。クローディアにはそれが分かるが、義母には分からない。

義母がメインで話をするので、ルーファスに小言を並べることになる。

「全く、いきなり帰ってきたかと思ったら家中を歩き回ったり黙り込んだり。もう子供じゃないのですよ。いいえ、子供の頃の方がしっかりしていたわ」

「まあまあお義母さま。ルーファスさまも、送った手紙に返事がなくて心配なさったのでしょう。私も、夫婦の間に足を運んでいなかったのは迂闊《うかつ》でした」

「そうなの？　ルーファス」

「…………」

なおも黙り込む息子に、ルーナはくどくどと説教を続けた。

「貴方がそのように不安定では困ります。これから、クローディアと二人で家を盛り立ててもらわなければいけないのですから。もうよそ見はやめて、妻と子を大切にするのですよ」

まだ産まれても仕込んでもいない子の話をされてしまった。悶々《もんもん》としていたルーファスは明らかに動揺して、目が泳いでいる。

クローディアがフォローするしかない。

「まあまあお義母さま。あまり急いで状況を変えるのもよくありません。まだ時間はあるのですから、慌てずゆっくり構えましょう。きっと大丈夫です」

「クローディアがそう言うのなら。でも、困ったことがあれば、何でも言うのですよ」

これ幸いと、クローディアは要望を述べることにした。

「私は屋敷にいる時間も限られますし、専属のメイドを置かず、その時に居る者に対応をしてもらうようにしておりました」

「そうね」

「しかしそれですと、今回の手紙の件のように、行き届かない点があるかもしれません。体制を変えてどうにかしたいのですけれど」

この場に居ないのを良いことに、さりげなくあの老家令を替えるよう要望を出しておく。ルーナも頷いてくれた。

「そうねえ。すぐにというわけにはいかないでしょうけど、少し考えてみるわ」

「ありがとうございます。私をエヌヴィエーヌ伯爵夫人として認めて頂けると、よろしいのですが」

完全に皮肉だった。家令はそう認めていないし、家令の息がかかった使用人もそうだろう。

ルーナはすぐに気付いて頷いた。

そして小声で言う。

「家令は、先々代からの忠義者なのよ」

「つまり、大奥さまのお部屋を変えられない象徴ですわね」

義母がまた頭痛を堪える表情をした。歴史ある屋敷は、どこにでもしがらみがあるのだ。


食事と入浴を済ませ、アロマオイルを持って夫婦の寝室へと向かう。

ルーファスはなんと、既に部屋に入ってベッドに腰かけている。

クローディアは少し慌てて謝罪を述べた。

「まあ、お待たせしてしまって申し訳ございません」

「いいや、先ほど来たばかりだ。待ってはいない」

なんか、健気《けなげ》だな。

すっかり情が移ってしまったクローディアは、彼を良くしてあげようという気持ちでいっぱいになった。

「それではルーファスさま、寝台にうつ伏せになってください」

「その、俺は何をしたら良いのだろう」

心づもりを聞いておきたいというルーファスに、クローディアは笑みを浮かべてしまった。なかなか可愛《かわい》いではないか。そして安心させるような声を出した。

「ルーファスさまは、何もする必要はございませんせん」

「だが、それでは……」

「今日は最後までするつもりもありません。ルーファスさまは、眠くなったらそのまま寝てくださ
い」

「そんなことで、良いのだろうか」

なんだか憂いある表情になってしまった。クローディアは彼を元気づけるように伝える。

「大丈夫です。いきなり迫られても、心が追いつかないでしょうから。ゆっくりでいいんです。ルーファスさまは、今日は私を受け入れてみてください。嫌になったら、その時は伝えてくださいませ」

「……分かった」

うつ伏せになってもらい、枕に頭を乗せてもらう。そして、天蓋《てんがい》付のベッドの布を全て下ろした。

これで、ベッドの中は見られないという安心感がある。

「うつ伏せで良いのか。何をされるか、見ていたいのだが」

「それだと眠りから遠くなるでしょう」

「クローディアは俺を寝かしつけたいのか？」

「それに、この方が感覚が研ぎ澄まされるでしょう」

そう言いながらルーファスのふくらはぎの部分をツンとつつく。痛みはない筈だが、彼の足はびくりと反応した。

「何をする」

「まずは、香油を塗っていきます」

いわゆる、アロマオイルマッサージだ。ガウンを脱いでもらい、腰の辺りにかけておく。

クローディアは普通に、背中から香油を塗り始めた。

とても滑らかで、それでいて鍛えられた肌だ。何だか、クローディアの手も気持ち良い。

マッサージの詳細はよく分からないので、あまり力を入れずにオイルを伸ばしていく。臀部《でんぶ》のきわどい部分は避けて、足まで塗ると一旦お湯で濡らしたタオルで拭きとった。

終わった後にシャワーを浴びてもらえばいいが、そのまま眠るかもしれないからだ。

それにしても、やっぱり足が長いし適度に筋肉がついているし、めちゃくちゃ良い身体をしている。顔も良いし、モテるだろうに。どうして女に振られて思い詰めるのだろう。

自分がルーファスの顔と身体を持っているなら遊びまくって、元カノが結婚するくらいどうぞどうぞとなるだろう。

ちょっと最低なことを考えながら、クローディアは拭き取りを終えた。その次は乾いたタオルで水気を取り除く。背面を施術し終えてから優しく声をかけた。

「ルーファスさま、今度は仰向けでお願いします」

大判のタオルで二人の視界を遮る境を作り、そう促す。

「……ああ」

少しウトウトしていたのだろう、ルーファスがゆっくり仰向けになる。きわどい部分には目をやらないようにして、その辺りにタオルをかける。

胸元に敷いていた薄いクッションとガウンを横に避《よ》け、今度は上半身からマッサージをしようと手を伸ばすと、ルーファスがパチリと目を開けてクローディアの手首をガッと掴《つか》んだ。驚いて目を丸くすると、彼は言い放った。

「まどろっこしい」

「は?」

「今からは、俺の好きにさせてもらう」

「え、あまり良くありませんでしたか?」

クローディアが戸惑いながら尋ねると、彼はフンと鼻で笑った。

「普通のマッサージにしては弱いし長い。いかがわしいマッサージとやらはいつ始まるんだ」

「つ、じゃあ、すぐに始めます」

「もういい」

そう言って彼は寝そべったまま、クローディアを己の身体の上にぐいっと引き寄せた。

「ちょっ、何をなさるんですか」

「俺の上に乗れ」

「ええ……」

手首を引っ張られ、引き寄せられた後、腰を抱かれて上に乗せられる。

上に乗られたら、重くて苦しくなるだろうに。そう思ったクローディアだが、腹にゴリッと熱く硬い物体が当たったことにハッとした。

タオル越しだが、彼の雄が当たっている。それは興奮しきっていた。

やっぱり、身体を撫《な》で回されて気持ち良くなってしまったのだろうか。もどかしすぎてイラついたのかもしれない。早く直接的に雄を擦《こす》ってあげた方が良かったのだろうか。でもそれは、最後のつもりだったし。

色々考えていると、後頭部を引き寄せられる。

彼の、整った顔が近くなる。やっぱ、顔がいいな。

そう思っているうちに、キスをされていた。

「――――！」

反射的に、唇を閉じる。それでも、ルーファスは何度も唇を食《は》み、舌を這《は》わせてくる。

そのうち、唇の合間から舌をねじこみ、食いしばった歯の周辺を愛撫《あいぶ》し始めた。唇の内側や歯の付け根にまで舌を這わされると、身体が震えた。

こんなエロいキス、されたことはない。

それに、キスをしながら彼の両手は背中をするりと撫でおろす。そして着ていたネグリジェの裾《すそ》をまくって、ドロワーズ越しに臀部を撫で回した。

ドロワーズはダサいけれど、なかなか楽で便利なので愛用していた。お尻を撫でられるのが嫌だと腰を振ると、腹の下の雄をゴリゴリ刺激してしまうことになる。少しでも接触を避けようと腰を浮かせようとしたが、やはりお尻をぐっと引き寄せられる。

この密着はとてもいやらしいと感じて、ドキドキした。

キスを続けていると息があがって苦しい。顔を背けて離し、はあはあと呼吸をする。

すると、すぐにルーファスが耳を舐《な》めだした。舌で耳全体を舐《ねぶ》られ、耳たぶを甘噛《あまが》みされるとぞわぞわとして声が出た。

「ひゃぁん」

「耳で感じるんだな」

「かっ、感じてなんか……」

「そうか。じゃあもう一回」

「やだっ、やめて」

思わず耳を離そうと、顔を引いて正面を向くと顎《あご》をくいっと持ち上げられ再びキスされる。

クローディアは、自分の馬鹿さ加減に泣きそうになった。歯を食いしばるのを忘れて、彼の舌がするりと侵入してきたからだ。

ルーファスの片手はずっとドロワーズの上から臀部を撫で回しているし、キスが段々深くなっていく。

彼の舌は、遠慮なく咥内《こうない》を愛撫していた。上あごも、舌の裏側の付け根も、全てを執拗《しつよう》に舐めている。クロードィアの咥内を全て舐め尽くした後は、舌先で舌をつついてきた。

クロードィアは捕まらないように舌を奥に縮ませていたが、無駄な抵抗だった。すぐに引き出され、舌の腹同士をぬるぬると擦り合わされる。クロードィアの蜜《みつ》が秘所からとろとろとあふれ出て、ドロワーズを濡らしたことを実感した。

思わず腰を浮かせ、もぞつかせるがルーファスの両手がぐっとヒップを掴んだ。そして、彼の雄とクロードィアの秘所を擦り合わせだしたのだ。

「んっ、ぅぅ……っ」

執拗にキスを続け、舌を絡ませながら彼の雄が布越しに擦れている。

いつの間にか、ルーファスの股間《こかん》にかけていたタオルは外されていたようだ。熱くて硬い雄が、濡れたドロワーズ一枚を隔てて密着している。

これはもう、セックスなのでは。

身体が熱くドロドロになっていて、雄に嬲《なぶ》られている。クロードィアは犯されているような気持ちになりながらキスされ続けている。

下腹部が疼《うず》く快感に、もうこのまま……、と思ってハッとした。

明日は朝から出仕だ。それに、少々神経を使う会議や調整がある。

今から抱かれていては支障が出る。ダメだ。

クロードィアは必死に首を横に振ってキスをやめた。

「つ、はぁっ、も、ダメです」

「こんなに感じて、ぐちょぐちょになってて何が駄目なんだ」

クローディアの下で、彼が雄をぐりぐりと押し付けながら言う。

それが淫芽にぐりっと当たって身体がびくりとなった。その目はぎらぎらと欲望に濡れている。

「ひぁんっ」

「俺は続けたいんだが。クローディアも本当はもっとしてほしいんじゃないのか」

「して、ほしくないです。貴方をイかせてあげるので、それで満足してください」

クローディアはやっとルーファスの上から降りて、隣で彼の方を向く横向きで寝そべった。そして、そっと彼の雄に手を伸ばし触れ始めた。かなり、大きい。

これ、中に挿《い》れるのは大変そう。

そんなことを思いながら手淫《しゅいん》を施す。ぬるぬるとしているのは、色んな液体に塗《まみ》れているからだろう。

すると、ルーファスはクローディアのドロワーズをずり下げてしまった。

「あっ！」

「俺もしたい」

そう言うと、ルーファスはクローディアの濡れた蜜孔に指をつぷりと挿入した。既に濡れそぼっているので、蜜孔は簡単に侵入を許した。

いきなり、と思うが許容する。

中は絶対感じないからだ。

膣中で感じるのは訓練的に何度も慣らすか、一種の才能だと思っている。前世では中で気持ち良くなれなかった記憶がある。

それに今生では、ぴかぴかの処女で性経験は一切ない。自慰だってしたこともない程だ。そんな身体なので、いきなり感じるわけがない。

高をくくってクローディアは彼の雄を扱《しご》いて絶頂に向かわせようとした。

手をぬちぬちと動かしていると、ルーファスははぁっと色っぽいため息を吐いて囁《ささや》く。

「すごくいいよ、クローディア」

瞳もとろんとしているし、声まで甘く感じる。

彼は一体、急にどうしたんだろう。一旦火が点《つ》いた若い身体は、止まらずに最後までしたくなったのだろうか。今日はマッサージをして抜いてあげて、寝かしつけるつもりだったのに。

すると、ルーファスの色香に当てられ、クローディアの中がきゅんと疼いた。

ルーファスは中の指を動かし始めた。挿入した指をいきなりは動かさずに、じっと馴染ませていたのだ。

それも、浅い部分の壁をぐるりと一周させるように、指の腹でゆっくり撫で回している。こんな触れられ方、されたことはない。

普通、指を入れたらずぼずぼ出し挿れするものだと思っていた。

クローディアの中がまた疼き、ルーファスの指を締め付ける。

その時は指を無理に動かさずじっとして、クローディアが呼吸をして中が緩むとまた動かし出した。指を一周させ、最初の部分に指が戻ってくると、今度は反対回転をして指を動かす。それが終わると、少し指を深くしてまた回転させていく。じっくりと蕩《とろ》けさせる愛撫に違いない。

「……んっ」

中が疼いて、蜜がとめどなく滴る。すぐに達するような鋭い快感ではない。けれど、じわじわと高まる快楽には違いなかった。

早くイってくれ。

その思いで、クローディアは手の動きを速く激しいものにする。

すると、ルーファスの指も動きが変わった。敏感な突起の丁度裏側にあるざらついた天井、つまりGスポットに的確に触れると、そこを指の腹で擦り始めたのだ。

「あぁっ」

「つ、く……」

じっくり焦《じ》らした後の、快感を引き出す動作だ。彼の指を、クローディアの中の媚肉がきゅうきゅうと締め付ける。

たまらず、ルーファスがキスを始めた。

舌を絡ませながら指で中を弄《いじ》られて、気持ち良くてクローディアの腰が動く。

でも、手は止めない。早くイかせないと、こちらの身がもたない。

そう思っていると、ルーファスの親指、つまり中に入っていない指が突然クローディアの敏感な

ルーファスは執拗に親指で突起を転がす。

突起を擦った。

「んぅっ！」

そこはダメだ。蜜に濡れてぬるついた突起は、突然の刺激を身体中に伝える。ビクンと動いたが、ルーファスは執拗に親指で突起を転がす。

ダメだ、イってしまう。

「んんん――っ！」

クローディアは我慢出来ずに、身体をびくびくと震わせながら達してしまった。

思わず、唇を離して彼を睨む。

「イったようだな。気持ち良かったか」

「……っ、貴方、自分がイきそうだったからわざとこっちを触ったんでしょう」

クローディアが恨めし気に睨むと、ルーファスはニコッと笑った。

クソ、顔がいい。

心の中では言葉悪くそう思っても、睨むのを止《や》めない。

「ほら、クローディア。もう一度キスしてくれ。君の舌も手も、とても気持ちが良い」

キスしながら、再び手淫を施すとまたルーファスが中の指を動かし始める。

「ん……っ、なんで……」

どうしてまだ指を挿れたままなんだ、と思うが彼の息が荒くなってきたので、手淫に集中する。

「っ、くぅ……っ」

クローディアの手の中の雄がびくりと震え、生温かい液がシーツを濡らす。ルーファスが達したので、クローディアはそっと手を放し彼を抱きしめてあげた。

ようやく終わった。

だが、ルーファスは中の指を動かしたままだし、腰を押し付け彼の雄をクローディアの腹に擦りつけている。ゴリッという感触がして、彼がまだ萎《な》えていないことに気付いた。しかも、止める気がないようだ。

クローディアは仕方なく、再び手淫を始めた。彼の欲を放出させるよう努力する。

だが、段々とペースに追いつけなくなってきた。

ルーファスが一度達するまでに、クローディアは二度、三度とイかされてしまうのだ。

彼の指は、クローディアのいいところを探る為にくまなく動き、そして弱点を知られてしまった。

それに、ルーファスは何度達してもすぐに復活してしまう。

「あ、いやあ、もう……！」

もう既に三度、欲を放った筈なのにまだ続けている。

こちらは手が疲れ、イきすぎて息も絶え絶えなのに、元気すぎる。

その間にもクローディアへの愛撫は止まることがない。

最後の頃には、クローディアは泣きながら彼の指を自分の中から出そうと腕に縋《すが》りついていた。

「もうやめて、ルーファスさま。お願い、お願い……っ」

半泣きどころではない、涙がぽろぽろ零《こぼ》れるガチ泣きだ。

彼はふふっと笑って確かめる。

「やめてほしい？」

「はい……」

こくりと頷くが、まだ指は挿れられたままだ。

中のいいところをくいっと押され、どろどろの蜜が零れ出る。きっと彼の指はふやけてしまっただろう。

ルーファスはまた笑って言った。

「君の願いを叶《かな》えてあげて、甘やかしたいという気はある。だが一方で、嫌がる君を無理やり抱いて更なる快楽を叩《たた》きつけたいという気持ちもあるんだ。ふふ、俺はどうしてしまったんだろうね」

「つ、やめてください、酷《ひど》いことしないで……」

「はぁっ、可愛い。そんな顔を見たらもっと酷くしたくなる」

うっとりした様子のルーファスに、クローディアは更に泣いた。

本当に一体、彼はどうしてしまったんだ。

ルーファスは確かに、クローディアには冷淡で興味がない態度だったのに。

彼の性癖が思い切りねじ曲がっているのは、元からだろうか。それとも、クローディアに関わることで今突然変わったのだろうか。

元からだということにしたい。それはそれで、問題があるが。

焦って動揺しているクローディアに、ルーファスは指を動かしながら言った。

「最後にもう一度、俺をイかせてくれたら終わりにしていいよ」

「はい……っ、あっ、あっ！　いやぁ、そこ、だめぇっ……！」

指を二本挿れられて、中の感じる部分をくちゅくちゅと擦られる。同時に、すっかり膨れて芯《しん》を持つ敏感な突起を撫で回される。

同時にされると、凄《すさ》まじい快感に襲われる。

この快楽を逃すには、腰を浮かせて身体を動かすか、大きな声をあげるか、もしくはその両方だ。

「あっ、あーーっ！」

クローディアは腰を浮かせて大きな嬌声《きょうせい》をあげながら派手に果てた。

同時に、中からぴゅぴゅっと蜜が飛び出してきた。

それを見てルーファスが嬉しそうに言う。

「ああ、潮を吹いたんだな。気持ち良かっただろう」

クローディアはまたガチで泣いた。

「も、やめてよぉ……っ」

「俺はまだ物足りない」

こうなったら、とキスをしながら両手で彼の雄を弄って、早く達するように仕向ける。

だが、またしても感じる部分を弄られてキスされて、クローディアの方が先に達してしまう。

ようやくルーファスが達した時には、クローディアは酷い有様だった。

ナイトウェアは汗とよだれと涙と愛液と精液でぐちゃぐちゃだし、ドロワーズも同様だ。

快感を得すぎて身体がおかしい。特に下腹部がひくつき、足が勝手に開いてしまう。意識しなければ、足を閉じられなかった。

もうこのままここで目を瞑《つむ》って眠ってしまいたい。

だが、ルーファスはまだいたずらし足りないようで、クローディアのナイトウェアに手をかけた。

「これ、もう脱いでしまった方がいいだろう」

「……部屋に戻って脱ぎます」

「ここで眠ればいいのに」

少し拗《す》ねたような声に聞こえたが、無視する。

クローディアはよろよろとベッドを降りて、天蓋から出る。

「おやすみなさいませ」

そう言うと、彼はクスッと笑った。

「ありがとう、また頼むよ」

もう二度としたくない。

クローディアは逃げるように自室に戻ったのだった。


翌朝。身体に少しはダメージが残っているが、許容範囲内だ。クローディアは通常通りに起床し、昨日のことは記憶から消すようにして日常に戻ろうとした。

いつも通り身支度し、朝食を取って、玄関ホールに向かう。

すると、ルーファスが彼の部屋から現れた。

その姿を見た瞬間、下腹部が引《ひ》き攣《つ》れてきゅんっとなったのを自覚した。

クローディアが脳内から追いやろうとも、身体が覚えているのだ。

動揺しながらも、取り繕って表情を崩さず声をかけた。

「旦那さま、行って参ります」

「起こしてくれたら良かったのに。一緒に朝食を取りたかった」

「いえ、その、大丈夫です」

何が大丈夫なのかは分からない。いつもとは違い、しどろもどろになってここから逃げ出したくて仕方ない。そそくさと出て行こうとするクローディアに、ルーファスは近付いてきて言う。

「では、夕食は一緒に」

「はい。それほど遅くはなりませんので、帰り次第……」

夕食のメニューと時刻を決めます、と続けようとしたが彼はクローディアの腰を抱き寄せるとキスを始めた。

ちゅ、と優しく唇を奪うとすぐに舌を侵入させようとする。

それだけで、クローディアの蜜がとろりと零れ、下着を濡らした。

「つ、駄目です！」

顔を背け、唇を離すと彼はフッと笑った。そして耳元で囁く。

「昨夜は素晴らしかった」

「っ……」

クローディアはこのままじゃいけない、と強い危機感を覚えた。

彼は内緒話のように囁いた後、またクローディアの耳を舐っている。否応なしに昨夜を思い出し、もう下着がびしょびしょだ。

これじゃ駄目だと、無理やりに仕事のことを思い出す。

そしてフと思い出して言った。

「ルーファスさま、本日のご予定は？」

「溜《た》まった仕事をこなすつもりだ」

屋敷をしばらく空けていたので、業務は山積みなのだろう。

だが、やってほしいことがある。今度はクローディアが彼の耳元で囁いた。

「誰にも内緒で、いきなり王宮に来てくれませんか」

「……構わないが、高くつくぞ」

クローディアを強く抱き寄せたままそう宣言する声には明らかに熱があった。

ドキドキしながらこくりと頷く。

「それなりのお礼はいたします」

「今夜、夫婦の間で」

昨日以上の淫靡《いんび》さを求められているのだろう。

前世の知識をフル動員させてでも、サービスしなければいけない。

内心冷や汗と——期待をしながら頷く。

彼もおかしくなっているが、自分もすっかりおかしくなっている。こうやって近付いて話しているだけでドキドキするし、身体は反応してしまう。今からこんなに心拍数を高めていては、夜にはどうなってしまうのだろう。

でもまずは出仕だ。仕事はちゃんとしなければ。クローディアは冷静を装って口を開いた。

「はい、楽しみにしていてください。それでは、以前の談話室で」


そして王宮。以前と同じ談話室で、またオーランド殿下を迎え入れるように準備する。

今日は、例の新しい側近候補が談話室にやってくる日なのだ。

だから抜き打ちでルーファスを参加させ、周囲の反応を見ようと考えたのだ。

新しく呼んだ側近候補も部屋に控え、予定通りにオーランドもやってきた。

それぞれが打ち解けて話が弾みだした頃に、前触れもなくルーファスが談話室に入ってきた。

「失礼いたします。先ほど、王都に戻ったばかりでご挨拶《あいさつ》に参りました」

皆が驚いてルーファスを見つめる。

クローディアはその皆の顔をチェックしていく。不審な様子や意味ありげな表情をしている者がいないかだ。だが全員、いつも無表情なヴァンスでさえ驚いていた。

おそらくだが、この中にルーファスがここに来ることを知っている者は居なかったと思われる。

今日の情報は本当に漏れていなかったのだ。

では、前回はどこから漏れてグレースがやって来たのだろうか。

考えていると、先触れの女官が談話室にやって来た。

「今から、バーナード妃殿下グレースさまがこの談話室を訪問されるとのことです」

「……！」

つまり、グレースには漏れているということだ。

クローディアがまた皆の表情を見守っていると、ヴァンスが場を取り仕切って言う。

「オーランド殿下はすぐにここを出られる。グレース殿下は好きに使われると良いだろう」

「お待ちください、そのような……」

「次の予定があるのだ。そちらを待ってなどいられない」

グレース付きの女官の言葉をピシャリと撥《は》ね除《の》け、オーランドたちが退出していく。ルーファスもだ。

そしてクローディアたち女官も全員、そそくさと談話室を離れたのだった。

殿下の執務室に戻ると、クローディアはすぐにヴァンスに隣の控室に連れ出され、そこで詰められた。

「それで？」

彼はとても怒っているようで、冷え冷えとした視線で見下ろしてくる。

どうやら、他人を試し罠《わな》にかけるのは好きだが、自分が不意打ちを仕掛けられ反応を見られるのは嫌らしい。

クローディアは努めて冷静な声を出した。

「本日、談話室に居た皆はルーファスが来ることを知らなかったようです。けれど、グレース殿下は知っていた。オーランド殿下の派閥とは繋がっていないにもかかわらず、別の情報源があるようです」

「その情報源とはどこだ」

「はっきりとしたことは言えませんが……」

しかしその言葉を口に出す前に扉がノックされてルーファスが入室してきた。

「おそらく、我が屋敷の老家令でしょう。まさかとは思いましたが」

「ルーファス……」

クローディアが呟《つぶや》くも、ヴァンスは感情など構わず話を進めていく。

「エヌヴィエーヌ伯爵家の家令と、グレースが繋がっていることなどあり得るのか」

「はい。以前、グレース殿下がまだ誰とも婚約をしていない時分に、よく我が屋敷に来られていました。家令とも打ち解けていた様子でした」

「ふむ。ではその老家令、罪をでっち上げ牢屋《ろうや》に入れてしまうか」

クローディアはぎょっとした。

「流石に、ご高齢ですしそれはやりすぎなのでは」

「情報漏洩対策だ」

「そうですね。我が屋敷に置いておいては彼は影響力があるので、別の場所に連れ出して尋問はいかがでしょう」

「尋問！　大袈裟《おおげさ》ではなく、何かあるのでしょうか」

クローディアの叫びに、ヴァンスが頷いて言う。

「裏に、何かある」

「私も同感です」

ルーファスは家令を拘束することに賛成らしい。

彼の屋敷に長年勤めた引退間近の老人が、雇い主の元恋人に連絡を取っただけではないと、二人は考えているようだ。

「……二人がそうおっしゃるなら、突発的な試し行動を頼んで良かったです」

「結果的にはな。私の別宅に、その家令を留め置いて事情聴取を行おう」

ヴァンスが決定を下し、部屋を出て行く。どうやら本日のうちに片を付けるようだ。出来る男は仕事もスピーディーすぎる。

案内役のルーファスも一緒に出て行こうとして、その前にクローディアの耳元で囁いた。

「今日も待ってる」

「っ……」

それは帰りを待っているという意味もあるが、今夜も艶事《つやごと》を待っているという意味にも受け取れた。

狼狽《うろた》えて返事がすぐには出来ないクローディアに、ルーファスはにこりと笑って退室していった。

「……あんな笑顔初めて見た」

突然の変わりように驚く。いや、突然でもないのだろうか。

少しずつ変化し、クローディアを妻だと認めてくれたようだ。

それにしたって、あんな風に笑いかけるなんて破壊力が強すぎる。純真な乙女だったら一発で恋に落ちてしまうだろう。結構冷めた考えのクローディアでさえ、ドキドキとしてしまった。

「……今日も待ってる、かあ」

物凄《ものすご》い口説き文句のような気がする。誰も居ない部屋で一人どぎまぎしたクローディアは、深呼吸をして落ち着くことを心掛けたのだった。


本日のお勤めが終わったクローディアは、屋敷がどう変化しているのだろうと内心ハラハラしながら帰路についた。

屋敷のトップである家令が連行されて、それを主人も了承しているのだ。使用人たちの間で騒ぎになっているのではないだろうか。

だが、クローディアが帰宅した時、出迎えの皆は穏やかな様子で挨拶してくれた。

「おかえりなさいませ、奥さま」

「え、ええ。出迎えありがとう……」

出迎えのメイドや使用人はいつもと同じ顔ぶれだ。

考えてみれば、家令が牛耳っている使用人たちは比較的年配の、先々代から勤めている者ばかりだ。それで、あまり影響がないのだろうか。

「旦那さまと大奥さまは、応接室におられます。奥さまもどうぞ」

ルーファスと義母は話し合っている最中らしい。きっと、今後の方針や家についてのことだろう。クローディアもすぐに応接室に向かった。

しかしそこでも、全く緊迫感などはなかった。

二人と、義母の女中であるヘレンは楽しそうに談笑していたのだ。

「部屋の壁紙を変えたいの。いいかしら」

「勿論です。母上の好きに変えてください」

「部屋を改装している間は、避暑地でゆっくりしようかしら。その前に、観劇も久しぶりにしたいのよね」

いつになく楽しそうに話す義母は、いつもの頭痛を忘れているようだ。

それにヘレンもにこにこと応じる。

「どの演目にいたしましょうか。すぐ手配いたします」

「ヘレンも一緒に来るのよ。ああ、こんなこと二十年以上前にしたきりだわ」

この会話は一体どうしたのだと思いながら、クローディアは入室して会話に交ざった。

「ただいま戻りました」

「おかえり、クローディア」

「ああクローディア、貴女も一緒に観劇しましょう」

「はい……？」

何故、いきなり観劇なのか。戸惑うクローディアに、義母はにこにことして言った。

「先々代の遺志を継いでいたうるさい家令が去ったのよ。これからは私たちが心地良い屋敷にしましょう」

抑圧していた元凶である家令が居なくなったことで、屋敷はのびのびとした雰囲気になっているようだ。それで良いのだろうか。

ちらりとルーファスを見ると、彼も微笑《ほほえ》んだ。

「ああ。彼もそろそろ第二の人生を歩む時だろう。今とは違う待遇で別の屋敷に行くことになったんだ。クローディアも知っている、ヴァンス殿の屋敷だよ」

「え、ええ。そうなのですね……」

連行して尋問とは言わず、穏便な言い訳を用意しているようだ。

まあ、それが妥当な線だろう。

その後も、彼はにこにことクローディアを見つめている。

何故か、胸がドキドキしてきた。

クローディアはフイっと瞳を逸らしたが、緊張はその後、ずっと続いていた。

夕食も入浴も終わってから、クローディアはこんなことじゃ駄目だと自室のベッドに腰かけながら思った。

どうやら自分は、ルーファスのことを、意識してしまっているのだ。

必死に、彼の嫌な所を思い出そうとする。

彼は初対面で、妻となる女に「お前を愛することはない」などと言い放つような男なのだ。

それ、言う必要ある？　上手《うま》いこと一緒に暮らす気ない？

そう言いたい。

嫌だけれど断れずに渋々引き受ける結婚だということを、その言葉でアピールするしょうもない男だ。こっちは知ったこっちゃないし、嫌なら自分でなんとかしろよ、という話だ。

よし、腹が立つところを思い出せた。

そう思っていると扉がノックされた。そして侍女が扉の外から声をかけてくる。

「旦那さまがお待ちでございます」

「っ……、すぐ、行くわ……」

色々思ったところで、昨夜は何度もイかされて気持ち良くなってしまった事実は消せない。

今夜は気をきかせたメイドたちの手によって、レースのセクシーなネグリジェを着せられている。

入浴した後だというのに、もう下着は濡れている始末だ。

クローディアはよし、と立ち上がって奮い立つ。

今から、前世の知識をフル動員させた性感マッサージを彼に施すのだ。

そして、イかせまくって気持ち良くさせて、こっちに触れるのはやめさせよう。

その為の道具を持って、夫婦の寝室へと入っていく。

扉を開くと、昨日同様、ガウン姿のルーファスがベッドに腰かけていて、こちらを見てフッと微笑む。

だがその笑みは穏やかではなく、なんだかギラギラしているように感じられた。

「クローディア、その手に持っているのは？」

「今夜は昨日以上に、旦那さまを気持ち良くして差し上げます。その為の道具ですのよ」

「そうか」

ルーファスはすぐに手を伸ばし、クローディアを抱き寄せキスを始める。

軽いキスが、そのまま深いものになりそうな予感にクローディアは顔を離して彼を押し倒した。

「旦那さま、まずは横になってくださいませ」

「君がそう言うなら」

ルーファスの瞳は強い力を持ってじっとこちらを見据えている。

クローディアはドキドキしながらも、彼に言うことを聞かせることに成功したと感じた。

仰向けに寝かせ、彼のガウンの紐《ひも》をほどいた。

そして、部屋から持って来たローションを手のひらに出すと、体温で温めてから彼の胸元へと塗りだした。

「……これは？」

「ローション……、つまり水溶性のジェルです。寒天や澱粉《でんぷん》みたいなもの、と言えば分かって頂けますでしょうか」

「ああ……っ、撫でられているだけで、刺激的だな」

「ふふ。力を抜いて、感じてくださいね」

結婚する前に、もしかしてこういう物が必要になるかもしれないと考え精油と共に作らせておいたのだ。

胸元や上半身を中心にぬるぬる塗っているだけで、ルーファスは気持ち良くなっているようだ。

クローディアは更にローションを手に取り、塗り広げていく。

そしてついにはルーファスが着ていたガウンを全てはだけさせた。彼の雄はすっかり大きくなって、へそにつくほどに反り返っている。

クローディアは両手で、昨日も散々触ったその雄を扱きだした。

すぐに彼は身体をビクンと反応させクローディアの両手首を摑む。

「つ、駄目だ。いきなりそこに触れるのは」

「潤滑剤として、濡らすだけですから」

よし、今のところ主導権がとれている。

クローディアは内心ほくそ笑みながら彼の雄をローション塗れにした。ぬるぬると擦れば、ルーファスの美貌《びぼう》が快楽を堪える表情になるのがいい。

彼はとても感じているようで、息を詰めたり小さく声を漏らしたりしている。そんな様子にニヤニヤしてしまう。自分の手で美しい男が悶《もだ》えるのを見るのは、良い気分だった。

しかし、あまりしつこくそこを擦っていると睨まれる。

「もういいだろう」

「はい、旦那さま」

クローディアは素直に退《ひ》いた。怒られると雰囲気が台無しになるからだ。

それに、本番はここからだ。

クローディアは己のセクシーランジェリーを豪快に脱ぎ捨てた。

ルーファスが目を見開いて凝視している。

「自分で脱いでしまうのか。俺が脱がせたかったのに」

「はい、もう不要ですので」

こういう、着ていると煽情的《せんじょうてき》な物は脱いでしまった方がいいのだ。それに、下着も濡れてしまっているし。

クローディアがショーツまで脱いでしまうのを、彼はじっと見つめている。

全裸になってから、クローディアは彼の上に馬乗りになった。それから手に付いたローションを、己の胸元や腹に塗り付ける。

そうして二人ともローション塗れになってから、おもむろにぺたりとルーファスの上に寝そべった。そのまま、ぬるぬると身体を上下に動かし擦りつける。

そう、つまり今夜の目的は、ぬるぬるローションプレイなのだ。

「っ、はぁっ、クローディア……！」

「旦那さま、気持ちようございますか」

「ああ……、なんてことだ。はぁっ、こんな……」

やはり、性感ローションマッサージなんてされたことが無いようだ。

クローディアは下腹部を彼の雄と擦り合わせるよう意識して動いた。困ったことに、やりようによっては自身も感じてしまうと気付いたからだ。

多分、一番敏感な突起が彼の雄に触れたまま動いたら、己の方があっという間に達してしまうだろう。胸の先端も同様だ。だから、急所は触れないようにかつ彼の雄は感じさせるよう、考えてぬるぬるさせた。

それでも、少しは気持ち良くなってしまうが。

彼の滑らかな肌に自ら身体を擦りつけて動いているのだ。普通に気持ち良いし感じてしまう。

じっとこちらを見つめているルーファスの感じている表情も、色っぽくて下腹部が疼く。

彼の胸の突起がいつもより少し大きくなっているように見える。クローディアはいたずら心を起こし、その胸に顔を寄せた。

「このローション、口に含んでも無害ですのよ。ほら、このように」

そう言うと、ルーファスの胸の突起をペロリと舐め上げた。そのまま、口に含んでちゅうっと吸ってみる。

ルーファスは身体をぴくりと反応させた後、興奮したように言った。

「そうか、それは良いことを聞いた。俺も、舐めさせてもらおう」

「え……」

そう言うと、彼は一瞬で身体を起こして反転させた。

気付けば二人の体勢は逆転しており、クローディアはベッドに仰向けに寝て、それに覆いかぶさるルーファスという図になっていた。

そのまま、ルーファスはクローディアの胸に唇を寄せる。そして、ぱくりと口に含んで舌でれろれろと転がし始めた。

「あっ！　待って、ルーファスさま……っ、あんっ」

もう片方の胸は、指でつまんでいるがそこも既にローションに塗れているのだ。濡れた胸の先端をニチニチと指で愛撫され、クローディアの背はのけ反った。

結果的に、彼に胸を差し出すような体勢になる。遠慮せず、ルーファスは胸の先端へのキスを更にねちっこく続けた。

「ひぁっ、あっ……！　ダメぇっ」

彼は存分に胸を舐っていたが、ちゅぷっと音を立てて唇を離すと両手で揉みながら言った。

「確かに、口に含んでも大丈夫そうだな」

「あっ、あぁっ、やぁっ……」

ぬるぬると胸を揉まれていると、快感がくすぶってくる。決して大きく弾《はじ》けない快楽が、じわじわと下腹部に溜まってくるのだ。

クローディアは半泣きになって嫌がるが、ルーファスは妻をじっと見つめながら身体への愛撫を止めない。

「嫌がられても、こんなの止められるわけがない」

「あぁんっ、だって、今日は、私がマッサージをしようと……」

「すまないな。俺は女性にされるよりは、感じさせて喘《あえ》がせるのが好きらしい」

全くすまなそうな素振りはなく、むしろ誇らしげに見えたのは気のせいだろうか。

そう言い放った彼は、胸全体を手のひらでぬるぬる擦って刺激している。胸の先端を転がすように愛撫されると、クローディアは大きな嬌声をあげてしまった。

「ああんっ」

「ふふ。気持ち良くなって声を出しているな。可愛い」

「やぁぁっ……」

「確かに、胸だけじゃ辛《つら》く苦しいかもしれないな」

そう言うと、ルーファスは硬く昂《たかぶ》った雄をクローディアの柔らかな襞《ひだ》の間に添えた。そのまま腰を上下に動かし、ゴリゴリと擦りつけてくる。クローディアの敏感な突起に雄が触れて刺激していく。その動きを続けられ、腰を突き上げてしまった。

「ひぁっ、あーっ！」

「すごい反応だな。気持ちいいか、クローディア」

「あっ、あっ！　いやっ、イっちゃう！」

「早いな。もう少し我慢してくれ」

「あーっ！　無理っ、も、イくっ！　イくっ……！　あ――っ」

我慢しろと言いながら、ぬるつく雄で突起をごりごり擦ってくるルーファスに、あっさり陥落して達した。

しかも、達した直後というのに彼は中に指を挿れて愛撫を続ける。

「あっ、やだっ、今、イってるのに……っ」

「そうだな、指を締め付けている」

そのまま指をぐるりと動かされ、また探るように擦られる。クローディアは腰を突き上げるのが止められない。

「やぁっ、やめてぇ……っ」

「俺はまだなんだ、自分だけが満足して終わりというのはないだろう」

「っ、ふぅっ……」

揶揄《やゆ》するように指摘され、半泣きで頷く。

確かに、それはそうだ。きちんと彼にも満足してもらわなければいけない。

手を伸ばして、彼の雄に触れようとするが、腰を引かれる。

何故？　問いかけるように見つめると、彼は意地の悪い笑みを浮かべていた。

「だが、もう少し堪能したい。俺は君の身体に触れたいんだ」

「あっ、あぁっ！」

中をぐちぐち掻《か》き回されながら、キスされたり突起を舐めまわされたり、それを永遠ともいえる時間続けられる。

ルーファスの愛撫は執拗だった。

クローディアは何度もお願い、もうやめてと言ったが数えきれないほどイかされ、泣かされた。

ようやく彼が指を抜いた時には、クローディアは無様に足を広げたまま腰をかくかく動かし、ヒンヒン泣いていた。

でも、やっと止めてくれた。

そう思ったのだが、ルーファスはクローディアに覆いかぶさった。

それだけではない。色んな液体に塗れてどろどろの彼の雄の先端を、クローディアの蜜孔に宛《あて》がっている。

えっ。

クローディアは戸惑いながら掠《かす》れた声を出した。

「あの、私たちは、白い結婚、ですわよね？」

「俺はそんなこと、一言も言っていない」

そう言いながら、彼はぐっと腰を押し進めてくる。長らくの愛撫で蕩けた蜜孔は、すんなり先端を飲み込んだ。

クローディアは慌てるが、力が全然入らない。

「あっ、やだ、抜いてっ」

「ここでやめる男がいたらお目にかかりたいものだ」

「あっ、だって、何もしないと思ってたの、にぃっ……！」

そう言っている間にも、ルーファスの雄はゆっくり処女孔に侵入してくる。

「自分から裸になって、ぬるぬるの身体を擦りつけて、なんでヤられないと思っているんだ」

至極ごもっともな指摘をしながら、ルーファスはどちゅんっ、と最後まで腰を押しつけた。

ゆっくり蜜孔の内側を擦られたのが気持ち良くて、目の前がチカチカする。

しかし、クローディアは泣き言を言った。

「だって、白い結婚だから手を出さないと思ってぇ……っ」

「白い結婚は君が勝手に言っただけだ、クローディア」

「あっ、あっ！　やぁっ、動かないでぇ……っ」

ルーファスの腰が動き始めた。ゆっくり引いて、また押してと繰り返す度に蜜孔がごりごりと擦られて気持ちが良い。

そう、クローディアの身体は、初めてなのに感じてしまっていた。

きゅうきゅうと締め付ける媚肉に、ルーファスも感じているようで色っぽいため息を吐いた。

「はぁっ、気持ち良くない？」

「良くないぃっ……」

「俺は気持ち良い。もっと、クローディアにも感じてほしい」

そう言うと、クローディアの感じる中の部分を重点的に雄の太い部分、雁《カリ》でごりごりと小刻みに擦りだす。

一気に快感が下腹部に集中し、クローディアは悲鳴をあげた。

「きゃぅっ！　あーっ！　そこ、だめぇ……っ」

「感じてるってことだろう？」

「感じて、ないぃ……っ！　あぁっ！」

感じてないと言い張りながら、クローディアはあっさり絶頂へ達してしまった。

ぎゅうぎゅうと雄を締め付けながら、腰をがくがく揺らして身体をぴんと反らしているのにだ。

おまけに、一旦ルーファスが雄を引き抜くと、ぴゅぴゅっと軽く潮を吹いてしまった。

はあ、はあと息を荒くしながら恥ずかしくて泣いてしまうクローディアに、ルーファスは笑顔で言った。

「では、次はもっと感じさせるよう頑張るよ」

「もう、やだ……っ、やだぁっ」

あぐらをかいた自分の上にクローディアを乗せ、いわゆる対面座位の姿勢で下から突き上げる。

動きながら、ずっとキスされてクローディアは酸欠と快楽で頭がくらくらした。

「気持ち良いな、クローディア」

「……っ、もう、許してぇ」

「君が気持ち良くなるまで、頑張るよ」

そう言ってまた体位を変えられた。後ろから挿入されて胸と陰核を撫で回され、イかされまくる。

最後には泣きながらイきながら「気持ち良い、気持ち良いからぁっ！」と絶叫してやっと許してもらえた。

初めてというのに容赦ない責め苦に、クローディアは泣いて気絶するように眠った。

しかも目が覚めた後、ルーファスは反省する素振りを一切見せなかった。

「あれはクローディアが悪い」

そうのたまったのである。

「私、何も、悪くありません」

絶叫しすぎて声が掠れ、少し喉《のど》が痛い。それに起き上がれない。

恨みがましい目で、ベッドに寝そべったまま睨む。それなのに彼ははぁっと息を吐いて恍惚《こうこつ》とした表情を見せた。

「あんなにイヤらしい誘惑をされたのは、初めてだ。あれほど興奮したのも」

「あれは、私が、マッサージをする為のものです」

「はぁっ、思い出しただけでまた勃《た》つ。ものすごく良かった」

「………………」

ルーファスは性感マッサージがとても気に入ったらしい。

所詮《しょせん》男、愛がどうとか言っていても、好きでもない女とヤることはヤれるのだ。

しかし、このマッサージは効きすぎるので、クローディアの負担が大だ。もうやめておこう。

「クローディア、もう一回しよう」

「しません……！」

「ふふ、可愛い」

「あっ、やめて……っ、あぁっ！」

この日以来、ルーファスは気軽にクローディアの寝室を訪れるようになった。

クローディアは不本意ながらも、しょっちゅう抱かれるようになってしまったのだった。

第三章 ◆ 義母の異変と垂れ込める暗雲

エヌヴィエーヌ伯爵邸《はくしやくてい》での暮らしは今までも快適だったが、クローディアにとって更に甘く優しいものになった。誰もがクローディアにニコニコ微笑《ほほえ》んで気遣ってくれて、下にも置かぬ扱いをしてくれる。

それは使用人たちは当然だが、夫であるルーファスや義母のルーナも同様だった。

今日も朝食のテーブルで、ルーファスが機嫌よく言う。

「領地の問題が解決すれば、こんなにすんなり運営出来るものなんだな。クローディアには感謝するばかりだよ」

ルーナも頷《うなず》く。

「本当に。クローディアが嫁いできてくれてから、全《すべ》てが上手《うま》くいっているわ。本当にありがとう。ルーファス、貴方《あなた》はもっとクローディアに尽くすべきよ」

「ああ、勿論《もちろん》。クローディア、明日は休みだろう。どこか、行きたい場所や欲しい物はないか？」

「……いいえ、特には。大丈夫ですよ」

クローディアがぎこちなく答えると、ルーナ付きの女中であるヘレンが給仕しながらにこやかに言う。

「奥さまは控えめでいらっしゃるんですから。坊ちゃまにもっと、ドレスでも宝石でも買って頂くと良いんですよ」

「いえ、そのような……」

「少し前までは、皆で朝食を取って談笑することもなかったのですよ。この屋敷が明るくなったのも、全て奥さまのおかげですわ。本当に、坊ちゃまの結婚相手が奥さまで良かったわ」

「……………」

ここまで褒めそやされたら、逆に心が痛いというものだ。

クローディアはそこまでこの家に尽くしていないし、事前の約束通りに出来ることを少ししただけだ。それも、内心は批判的だったし斜に構えて皆を見ていた。

それなのに、こんなに感謝されて気遣われて、ハラハラしてしまう。

クローディアは前世も含めて、恵まれた家庭環境では育っていないのでこんなに感謝されて優しくされたことはなかった。本人がひねくれていることもあり、褒められても居心地が悪いのだ。

もういっそのこと、こうやってクローディアを褒め殺して内心では馬鹿にしていてほしいとさえ思ってしまう。

だがルーナは眩《まばゆ》い笑顔で言った。

「急だけど、今夜は早く帰れないかしら？　王国劇場のボックス席のチケットをお譲り頂いたのよ。皆で一緒に観劇出来たら嬉《うれ》しいんだけれど」

どうかな、とルーファスも期待に満ちた瞳《ひとみ》でクローディアを見つめている。

スケジュールを頭の中で確認して、クローディアは頷いた。

「申し出れば、おそらく大丈夫だと思います。昼で切り上げて、帰ってきたらよろしいでしょうか」

ルーファスとよく似た、まだまだ若く美しい義母がパッと顔を輝かせた。

「そうなさい。こちらで支度は整えておくから」

ヘレンもにっこりして頷いた。

「お任せください。お二人とも、劇場一美しい装いにいたしますわ」

今日出仕するのはクローディアだけなので、皆が玄関ホールまで見送ってくれる。

「いってらっしゃい、クローディア。早く帰ってくるんだよ」

ルーファスがそう言って軽くキスをしてくれる。その表情は甘やかで、瞳もとろりと艶《つや》っぽい。

クローディアの下腹部がきゅんと引《ひ》き攣《つ》れた。

そのままじっと見つめ合ってしまい、ヘレンがコホンと咳払《せきばら》いをしたことにハッとして一歩下がる。

「行って参ります、旦那《だんな》さま。お義母《かあ》さま」

叫ぶように言って、クローディアは部屋を出た。


女官長に午後は早退をしたい、と申し出ると快く許された。

それは良かったのだが、オーランドもその話を聞きつけたらしい。執務室で、皆の前で問われた。

「クローディア、今夜は何か予定があるのか」

「はい。家族で観劇に参ります」

「エヌヴィエーヌ伯爵とは、上手くいっているのか」

なんというチャンス。ここはハッキリさせねば。しっかり夫婦円満アピールをして、気を持たせることのないようオーランドには気持ちがないと言うべきだ。

クローディアは頷いてきっぱり言った。

「はい、とても。夫婦の関係が良くなると、屋敷の風通しも良くなった気がしますわ。お義母さまにも良くして頂いております」

するとオーランドはその美貌《びぼう》を曇らせる。

「当初はあまり打ち解けていなかったように見えたが。クローディア、一体どのように関係改善を行ったのだ？」

「それは……」

「忌憚《きたん》なく教えてほしい。私にも、今後の参考になるかもしれないから」

執務室にいる女官や侍従たちも、耳をそばだてて全員が無言で待っている。

クローディアは答えに窮した。まさか、裸になって性感マッサージを施したから、などと言えるわけがない。

微妙な間の後、クローディアは何とか返事を絞り出した。

「それはやはり、対話でしょう。結局は、話し合いで全てが解決するのです」

「そうだろうか。片方が話そうとしても、もう一方が心を開かず話し合いに応じなかった時はどうすれば良いだろう」

「……粘り強く、お話しするしかありませんわ」

「あまりしつこくしても、嫌がられるのではないだろうか」

執拗《しつよう》に尋ねられ、クローディアはしどろもどろになってきた。

「その場合は、周囲に助けを求めてもよろしいかと思われます。私の場合は、義母や信頼がおける使用人に手助け頂きましたので……」

「具体的には」

「そ、それは……、やはり、マッサージなどをきっかけにですね……」

「したのか」

オーランドがじっとこちらを見ている。いつになくキツい視線だ。

いつも物腰柔らかな王子であるオーランドには珍しい程だ。気圧《けお》されそうになりながらも、クローディアはこくりと頷いた。

「はい。皆さま、喜んでくれました」

「そうか。分かった、ありがとう」

そこで話はやっと終わった。

ホッと息を吐いて、一礼して退室する。後はオーランドに目通りせずこなせる業務ばかりだ。

帰り支度をし部屋を出ると、ヴァンスが待ち構えていて冷たく指示した。

「早く子を生《な》せ」

「はあ……」

何で他人にそこまで言われなきゃいけないんだ、という気持ちでいっぱいだが彼は続けた。

「エヌヴィエーヌ伯と上手くいっている内にさっさと子を産んでおけ。殿下もそろそろ婚約者候補の中から、相応《ふさわ》しいお相手を選定される頃合いだ」

「……失礼いたします」

そそくさとその場を辞する。

確かに、彼の言う通り子を生した方がいいのかもしれない。

しかし授かりものだし、分かりました産みますと言ってすぐに産めるものではない。

それにしても、清い関係の結婚と思っていたのに、すぐに子をせっつかれるとは。

まあ、やることはやっているのだが。

少々浮かぬ顔で屋敷に着くと、それはすぐにルーファスに指摘されることとなった。

「おかえり、クローディア。……何かあったか？」

「ただいま、ルーファス。いえ、何かあったってわけではないのだけれど」

「考え込んでいる顔だ。大したことではなくても、話してほしい」

そんなに表情に出ていただろうか、と驚いた。

こんな風に顔を見て言い当てられたのは初めてだ。今まではクローディアがどんな気持ちでいようとも、誰も気にせず気付かなかった。

「……後で言うわ。先に、支度をしてから」

「ああ。この間仕立てたドレスを着てくれ」

そのドレスは、白地の落ち着いたドレスだが、ルーファスの瞳の色である翡翠《ひすい》色の刺繍《ししゅう》がふんだんに施されている豪奢《ごうしゃ》なドレスだ。

使用人たちの手を借り、クローディアはドレスアップした。化粧もヘアメイクも完璧《かんぺき》だ。髪も美しく結い上げられ、本人評価ではいつもより五割増しで綺麗《きれい》に見える。胸元にはエメラルドのネックレスが輝き、クローディアの豊満なバストを飾っている。

まだ準備の途中というのに扉がノックされ、ルーファスが入って来た。

ルーファスの方こそ、物語の王子さまのように美しい貴人の装いだった。紺に金糸の刺繍がされたジャケット。クラバットを留める宝石は琥珀《こはく》だ。クローディアの髪の色をイメージして取り寄せたらしい。彼を見たクローディアもメイドたちも、感嘆の吐息をほぅっと漏らした。そのルーファスがにっこりとして口を開く。

「クローディア、美しいよ」

「貴方こそ。劇場の誰よりも素敵よ」

「まだ行ってないじゃないか」

「そうだけれど」

二人の軽口に、メイドたちもくすくす笑っている。クローディアは確認した。

「お義母さまの御支度はもう終わったかしら？」

ルーファスが答える。

「まだもう少し、時間がかかるようだった。それでこっちの様子を見にきたんだ」

そして彼はメイドたちに合図をした。全員がスッと退室していく。

何故《なぜ》メイドを下がらせるかは分からないが、とりあえず出発しようと口を開く。

「では私たちも、参りましょうか」

「時間はある。さっきの話の続きをしよう」

さっきの話ってなんだったっけ、と思い返してあぁと気付く。

「全く大した話ではないのですが」

「誰に何を言われた？」

「ヴァンスさまに、早く子を生せと」

「なるほど。しかし、それだけではないのだろう？　どうしてその話が出たんだ」

クローディアは、隠す話でもないと執務室での一件を伝えた。

「上手くいった秘訣《ひけつ》を聞かれて、話し合いと答えながらもついマッサージと言ってしまって。余計なことを言ってしまったかしら」

「それで、殿下は？」

「……そうかと、おっしゃってたわ」

「ふぅん……」

ルーファスの纏《まと》う雰囲気が一気に不穏になった。

「あの、ルーファス？　ちょっと？　どうしてドレスを脱がそうとしているの？　ダメ！　化粧が取れ……っ、んんーっ！」

せっかく用意をしたばかりなのに、あっという間に脱がされた。

クローディアはガーターベルトとストッキング、それにエメラルドのネックレスだけという姿だ。

そしてそのまま、ソファに押し倒される。

「待って！　お義母さまが待って……」

「大丈夫だ。きっと先に行っててくれる」

そう言われ、彼の雄に容赦なく貫かれ、クローディアは快感のあまり悲鳴を上げた。


それから大分長い時間、身体《からだ》に快楽を叩《たた》き込まれていたがまだ終わらない。

昼に帰ってきたというのに、窓の外はもう日が落ちている。

貫かれたまま、クローディアは息を乱しながら懇願した。

「はぁっ、あぁっ、も、やめてぇ……っ」

「そうだな。そろそろ、母上も帰ってくるだろう。流石《さすが》に、夕食くらいは取らなければ」

そう言いながらも、じゅぷじゅぷとクローディアの蜜壺を雄で掻《か》き混ぜるのを止《や》めないルーファス。

「あっ、あっ！　あ――っ……！」

「つ、くぅっ……！　クローディア……っ！」

クローディアが何度目かも分からない絶頂に達し、嬌声《きようせい》をあげるとルーファスもがつがつと最奥を責め立てて欲望の証《あかし》を放った。

息をするのもやっとで、身体に力が入らない。足を開いたままベッドの上で、無様にひっくり返ったカエルのような恰好《かつこう》なのが恥ずかしいのに動けない。

それでいて、気持ち良くてたまらないのだ。

自分だけがドレスを脱がされ、ソファの上でルーファスに挿入された時は挿《い》れられただけで達してしまった。観劇の為《ため》に着飾った貴族らしい衣装のルーファスに犯されていると思うと、感じすぎて我慢出来なかった。

はっきり言って、身体はとっくに堕《お》とされている状態だ。

もし、やっぱり離縁と言われてしまったら恐ろしい。こんな淫《みだ》らな身体にされ、これからどうやって生きていけるか分からないからだ。

それなのに、彼はねっとりとした視線をクローディアの身体に送りながら言う。

「クローディア、そんなにいやらしい身体を隠しもしないなら、もう一度抱いてしまうが」

「酷《ひど》い……、貴方がこんな風にしたのに」

「今日の一件は、どう考えてもクローディアが悪い。殿下にマッサージのことを告げるなど。もしもう一度してほしいと願われたらどうするつもりなんだ」

ルーファスは今日の問答が気に入らなかったらしい。会話を聞きだした後、ねちねちと口でも身体でも責めたてられた。

「そんなこと、おっしゃっていないから……」

「これから所望されるかもしれないだろう」

「お断りすれば良い話でしょう」

「断れないように持っていかれるだろう」

ルーファスの目が据わっている。美形が怒っていると迫力があるし、平伏したくなる。

「分かったから、もう私が悪かったから。今日は許して」

泣きを入れて、今後はマッサージの話を持ち出さないしちゃんと断る、と謝ってやっと許してもらえた。

しかし身体を洗う為に入浴したら風呂場でまた挿入された。

そんなこんなで二人でぐだぐだしているうちに夜も遅くなったが、まだルーナは帰ってこない。

身体はダルいが、空腹にはなるので遅い夕食を取っていてもまだ帰ってこない。

「――流石に、遅すぎませんでしょうか」

「誰かと会って食事にでも行ったんだろうか。それにしたって、ヘレンを使いにして屋敷に知らせるくらいはするだろう」

「劇場に使いをやりましょうか」

そう言っていると、やっと馬車が帰ってきたと連絡があった。

玄関ホールまで迎えに行って、今日は同行出来なかったことを謝らなければと思っていると、帰ってきたのはヘレン一人だった。

そして、何だか気まずそうな表情のまま口を開いた。

「大奥さまは、本日、ご友人と夕食を取られ、そのまま屋敷に招待され、宿泊されることになりました」

「そのご友人とはどなただろうか」

ルーファスがごく尤《もっと》もな質問をする。しかし、ヘレンは首を横に振ったのだ。

「私からは言えません」

「何を言ってるんだ。それだとどこに泊まっているかも分からないだろうが」

「明日、大奥さまが戻られてから直接お聞きくださいませ」

クローディアが恐る恐る尋ねる。

「そのご友人って……ひょっとして、殿方なのでしょうか」

「は!?」

ルーファスが目を剝《む》く。

「……明日、お迎えに上がります。今夜は失礼いたします」

しかしルーナに忠実であるヘレンは、口を割らずに去ろうとする。

「ヘレン！　母上はどちらにいらっしゃるんだ。相手は誰だ！」

「……大奥さまはご無事ですので」

チラリと振り返ってから、それだけ言って下がってしまった。クローディアが仕方なく興奮するルーファスを宥《なだ》める。

「明日、お義母さま本人に聞いてみましょう。私たちがすっぽかしたから、お義母さまもご立腹されてお酒を召し上がりたくなった、とかかもしれないでしょう」

「……そうだといいがな」


しかし翌日、二人が朝食を取っても昼食を取っても、まだ義母は帰ってこない。

ヘレンは朝から迎えに行っているのにだ。

そわそわとするし、また睦《むつ》みあっている場合でもないので二人共手持ち無沙汰《ぶさた》だ。

全く集中出来ない読書を止めて、クローディアはしばらくうろうろした後、フとピアノの前に立った。

「ねえ、ピアノを教えて頂けませんか」

頭にあったのは、以前談話室で行った即興の連弾だった。ルーファスも同じことを思い浮かべたらしい。

「ああ。二人で弾ける曲にしよう」

ルーファスは音楽の才能もあるようで、滑らかにピアノを弾いていく。

どんだけチートなんだ、顔もスタイルも良いし身分もあって金持ちでピアノまで弾けるとか。

クローディアは何故かチリチリとした嫉妬《しっと》を覚えたが、それは表に出さず素直に教わる。

彼は、教え方まで上手で簡単な曲を連弾することで自信を付けさせてから、練習したら出来そうな曲を教えてくれた。

「次の休みには、この曲を連弾出来るようにしよう」

「ええ。時間が取れる時に練習しておくわ」

クローディアの返事を聞くと、にこりと優しく微笑んでくれる。

甘い雰囲気だ。

なんだか、ドキドキしてしまうし自分がこんな風に優しくされても良いのだろうか、と謎の不安がつきまとう。

そっと抱き寄せられて、彼の胸に頰《ほお》を埋《うず》めると髪を撫《な》でられた。

頭を撫でられるなんて、いつ以来だろう。記憶にない程だ。

柄にもなくときめいてしまって、こんなに舞い上がって、本当に大丈夫なのだろうか。

「クローディア……」

優しく名を呼ばれると、ぐずぐずに溶けてしまってもう抵抗出来ない。彼の思うままにされるしかない。胸がドキドキする。まるで、恋でもしているかのように。

しかし。

「大奥さまが戻られました！」

突然、メイドがピアノの置いてある応接室に声をかけにきたので、クローディアは飛び上がって驚いた。

ここがどこか忘れて、ルーファスとべたべたしてしまった。顔が熱くなって、汗をかきそうだが立ち上がって取り繕った。

「ありがとう。ではルーファスさま、参りましょうか」

「フッ。期待したか？」

「もう、そんなことおっしゃらないで」

「期待には応《こた》えたいからな」

顔が上気して、手で扇《あお》いでしまう。恥ずかしい。

早く、平常心に戻って表情も普通にしなければ。

そう思いながら玄関ホールに向かったクローディアが見たものは、自分以上に肌が上気してとろんとした表情の、義母だった。服こそ乱れていないが、明らかに何かあった顔だ。

当然のように、ルーファスはルーナを詰問し始めた。

「母上、昨夜はどちらへ」

「……友人の屋敷よ」

「その友人とはどなたですか」

「貴方の知らない方よ。私にだって、友人くらい居るんですから」

「やましいことがなければ、名前くらい言えるんじゃないですか」

「貴方には関係ないでしょう。放《ほう》っておいてちょうだい」

まるっきり、反抗期の娘の台詞《せりふ》だ。だが言っているのはルーファスの実母であり、クローディアの姑《しゅうとめ》だ。

ルーナの頬は今までに見たことがないくらい血色がよく、艶々《つやつや》としている。

絶対、男と一緒に居ただろう。そう予想しているとルーファスが冷たい声を出した。

「母上、いい年をして火遊びなど、みっともない。伯爵家の前夫人として恥ずかしくない振る舞いをしてください」

「ちょっと、そんな言い方はやめなさいよ」

流石に言葉の棘《とげ》がありすぎて、クローディアは制止した。

しかし、ルーファスは止まらない。

「父上に顔向け出来るんですか？」

その言葉に、ルーナはキッと息子を睨《にら》みつけた。

「父上に顔向け、ですって？　あの方が何をしてくれたっていうの。どこに対しても良い顔ばかりして妻子を守らず、紛争の種だけばら蒔《ま》いて挙句の果てに不摂生で病死して。私がどれだけ苦労したと思っているの！　貴方こそ、たまたま結婚した相手が有能で上手くいっているからって、よくそれだけ色ボケした顔を晒《さら》せるわね！　婚約式も挙式も、全部私とクローディアが準備したのよ！それを、良い所だけ掠《かす》め取って……」

「今はそんな話をしていないだろう！　誤魔化さないでください。おかしな相手じゃないなら、名前を言えばどうなんですか！」

めちゃくちゃ激しい親子喧嘩《げんか》になってしまった。

クローディアとヘレンが慌てて間に割って入る。

「まああまあ、二人共、一旦《いったん》離れて落ち着きましょう」

「大奥さま、ひとまずお部屋に戻りましょうね」

しかしヒートアップしたルーナは止まらない。

「あの方が亡くなった後、私が一人で伯爵家を守ってきたのよ！　貴方ときたら、財産目当ての強欲な女に入れ込んで現《うつつ》を抜かしていたじゃないの！」

「……っ！　あいつの話はするな！」

ルーファスの怒声に、ルーナはハッとしてこちらを見た。

そして、クローディアの前で言ってはいけないことを口にしてしまったと思ったらしい。

「その、ごめんなさい。頭を冷やしてくるわ」

別にクローディアは大丈夫なのだが、二人はグレースの話をするのは良くないと思っているようだ。

「……私たちも行きましょう」

落ち込んでしまった様子のルーファスに声をかけ、彼と手を繋《つな》ぐ。

そして手を引いて、二人でクローディアの自室へと向かった。

部屋に入ってソファに座るよう促すと、ルーファスは苦悩に塗《まみ》れた表情で俯《うつむ》いた。

「すまない、クローディア。母上の言った通りだ」

「既に謝罪は受けているわ。そんなに謝らなくても、お互い様だから大丈夫よ」

初対面の時の刺々《とげとげ》しい一件は、もう水に流してある。蒸し返すつもりはないのだが、彼は首を横に振った。

「今なら、彼女が野望の為に俺を捨てたのは理解している。だが、あの時は分かりたくなかった。だから、必死で幻の愛に縋《すが》って君に絆《ほだ》されないよう突き放したんだ。俺のつまらない見栄《みえ》の為に傷つけてすまない」

「ルーファス、私も態度が悪かったわ。貴方たちのことを面白がっていたもの。ごめんなさいね」

その言葉に、彼は少し笑った。

「ああ、クローディアが面白がっているのは分かっていた。君は表情に出るから。あの時から既に、生意気で美しい顔を泣かせたいと思っていたよ」

「えっ……」

今、不穏な言葉が聞こえたような気がするが、考えすぎだろうか。

しかし、ルーファスの視線には熱っぽいものが混じっており、こちらをじっと見つめている。

「彼女とは、清い仲だった。寄り添い合うだけで十分だった。でも、クローディアにはそれだけじゃ我慢出来ないのは何故なんだろうな」

それは、こちらが聞きたい。

やはり、彼がこちらを見つめる瞳には情欲が混じっていて、油断したら飛び掛かってきて犯されそうな雰囲気がある。

しかし、今はそんなことをしている場合ではない。この後ルーナの話も聞きに行かなければならないのだから。

クローディアはごくり、と生唾《なまつば》を飲み込んでから口を開いた。

「……私も、大切にしてほしいわ」

「……！　勿論だ」

「私、今まで誰にも大切にされたことがないの」

それは本当だった。前世でもそんな家庭環境ではなかったし、今世でも労働力としては頼られても誰かに大切にはされていない。

すると、ルーファスは跪《ひざまず》いて手を取ってくれた。

「君を大切にする。これからは、何よりも大切にするから、許してくれ」

「嬉しい。ありがとう、ルーファス。これからも、よろしくね。この屋敷で家族皆と暮らすのは、私にとって幸せだから」

「母上も含めてそう思ってくれているんだな。ありがとう」

こくりと頷いてから続ける。

「ええ。今からお義母さまのお話も、聞いてくるわね」

「だったら俺も……」

「こういうのは、実の息子には言いにくい話になるかもしれないでしょう。私が宥めて、上手く聞いてくるわ」

そう説得すると、彼は納得してくれた。そっと抱擁して、額に軽く口付けてくれる。

もう、ときめきマックスだ。大切にされてる感があって、クローディアは舞い上がってしまいそうだった。

うふふ、と笑みを浮かべながら、ルンルンとルーナの部屋に向かったのだった。

ルーナの部屋でも、義母は分かりやすく項垂《うなだ》れて苦悩に満ちた表情だった。流石親子だ。

ヘレンが招き入れてくれて、クローディアが入室するなり義母は謝罪した。

「さっきは悪かったわ。感情的になって、貴女《あなた》にとって嫌なことを言ってしまった」

「お義母さま、私は気にしておりませんから謝罪なんて結構ですわ。それに、お義母さまのおっしゃったこと、その通りでしたもの」

クスッと笑って返事をすると、ルーナもおずおずと微笑を浮かべた。

クローディアはソファに座って、持って来たアロマの小瓶を並べる。リラックス効果の高いものを選んできたのだが、ルーナは首を横に振った。

「今日はマッサージは結構よ」

「あまり気分じゃございませんか？」

「あの子の言ったことも、正しいもの。クローディアに癒《いや》してもらって、環境を良くしてもらって、私も浮かれていたの。だから、いい年してみっともないことをしてしまったのね……」

そんなことはないと言いたい。

ルーナは若々しく美しさを保っている。美人親子だな、と思いながら口を開いた。

「先の伯爵さまが亡くなった時、お義母さまはおいくつだったのでしょう」

「あの子が十四歳の時だから、そうね。私は三十五歳だったかしら」

ルーナは自分が軸ではなく、息子と家を第一に考えている。そのことがよく分かる返答だった。

「三十五歳なんて、まだまだお若くてこれからの時なのに、それから八年間もずっとお一人で家の為に過ごしていらっしゃったのでしょう。これから好きに浮かれまくっても、何も悪いことなんてございません。みっともないなんて、論外ですわよ」

「八年間、そうね。誰にも頼れず、あの子を守らなきゃと思っていたわ。辛《つら》いことばかりだったわ。だから今、クローディアが嫁いできてくれて家のごたごたを解決してくれて、本当にありがたいの」

「そこまで大したことはしておりませんが、喜んでもらえて嬉しいです」

そう言うと、ルーナはまた微笑んだ。しかしすぐ、憂いの表情を見せた。

「でも、気が抜けて弱くなってしまったわ。すぐに誰かに頼りたくなる」

「頼ってくださって、大丈夫ですわよ。勿論、ルーファスにも」

明るくそう言ったのだが、ルーナは暗い表情になって口を開いた。

「劇場で観劇している時、妙な男たちが入ってきたの」

「ボックス席にですか？」

一般の客席とは違って、専用の入口があるボックス席のチケットを入手していた筈《はず》だ。そこには簡単には侵入出来ない筈だが。

その問いかけに、ルーナは頷いた。

「ええ。見たこともない粗野な男たちが入ってきて言ったの。『おい、ババアしかいねぇぞ』って」

「それって……」

ひょっとしたら、ルーファスとクローディアがそこで観劇することを知っていた人物が、襲撃してきたとか？

聞いただけでゾッとする話だ。

「その時、ボックス席には私とヘレンだけだったの。とても恐ろしかったわ。男たちはどうするか聞いてこないと、って言って出て行ったの。私たちは震えて足がすくんで動けなかった。その時、たまたま隣のボックス席に居た旧知の方が、助けてくださったのよ」

「隣にお知り合いがいらっしゃったのですね」

「ええ。ボックス席は仕切られていて、姿は見えないけれど声が聞こえたらしいの。私たちを救い出して、ひとまず隣のボックス席に迎え入れてくださって、劇が終了するまで匿《かくま》ってくださったわ。劇が終わってから、他の観客に紛れて退場する方が目立たなくて良いって」

「それはそうですわね。機転《きてん》が利く方なのですね」

ルーナがはあ、とため息を吐《つ》いた。同性ながら色っぽい。助けてくれた紳士もイチコロだろう。

そんな気持ちで眺めていたのがバレたのか、彼女は弁明を始めた。

「決して、そんなつもりは無かったのよ。退場する時、一旦彼のお屋敷に行って護衛を付けて帰宅してはどうかって提案されて、断ったけれど同じ馬車に乗ってしまって。会えば挨拶《あいさつ》する程度の顔見知りだったけれど、久しぶりだったから話が弾んでしまったのよね……」

「昔からのお知り合いの方なのですか」

尋ねるとルーナは頬を赤らめる。

「ええ。私がデビュタントになる前からだから、三十年にもなるかしら。私の方が少し年上だったから昔は背も高くて、お姉さんぶったりして。そんな話をしていたら止まらなくなってしまったの。そのまま食事でも、って勧められて、ワインを頂いたりしているうちに……、その……」

その男は、最初から義母をモノにする気満々だったのではないだろうか。

どうにも手慣れたやり口に感じる。クローディアは少し心配になった。

「あの、お義母さまが弄《もてあそ》ばれていなければ良いのですが」

「まっ、まぁ！　そんなことは、ないのよ。私はもうこれ以上は会う気はないし、一度きりの過ちだから」

クローディアはちらりと隅に控えているヘレンに視線をやった。

義母はそう言っているが、傍《そば》で見ていたヘレンの意見を聞きたいと思ったのだ。

彼女はその意を汲《く》んで口を開いた。

「あの方は、大奥さまに夢中ですよ」

「つ……」

「まあ！　そうなの！」

思わず大きな声を出してしまうと、ルーナは口ごもって真っ赤になってしまった。

「そんな、ことは……」

「きっと、すぐにでも次のお誘いがあると思います」

自信満々に答えるヘレンに、問いかける。

「確認なんだけれど、その方は結婚していたり、恋人や婚約者がいたりしませんか？」

「はい。私が聞き及んでいる限りでは」

ヘレンの返答に、クローディアはホッとした。

だったら何も問題はないだろう。

ルーナは真っ赤なまま扇で顔を扇いでいる。暑くなっているのだろう。

クローディアは持って来たアロマオイルの小瓶を指し示した。

「お義母さま、お相手に合わせて香りを変えるのも良いかもしれません。王族は薔薇《ばら》、侯爵《こうしゃく》以上の大貴族は百合《ゆり》、伯爵はベルガモット、子爵《ししゃく》以下はミモザ。ハンカチに一滴でもかけて出掛けられると幸運になるという、おまじないがありますのよ」

「そう……、おまじない。そういうのも、たまには良いかもしれないわね」

ルーナはそう呟《つぶや》いて、ローズのアロマオイルを手に取った。

勿論、そんなおまじないなどない。今クローディアが作ったものだ。

義母の部屋を辞し、クローディアはダッシュでルーファスの執務室へと向かった。ノックももどかしく、彼の顔を見るなり口を開く。

「王族で、四十歳前後で独身の方っていらっしゃる？　殿方で！」

クローディアの勢いにぎょっとしつつも、ルーファスは冷静に答える。

「……傍系なら何人か居るかもしれないが、思いつくのはライリー殿下だな。二代前の国王が老齢になってから愛妾《あいしょう》に産ませた王子の」

「あっ！　国王陛下の年下の叔父に当たる方ね」

確か、そういう存在があるから今の王室は閨《ねや》の教育や隠し子についてちょっとややこしい所がある、と聞いていた。まさかその方が、ルーナのお相手とは。

「ライリー殿下は自分のお立場をよく分かっていらっしゃったし、王位には興味がないようだった。自然環境の研究者として、フィールドワーク中心の暮らしをしておられていると聞いている」

つまり、王宮や王都にはあまりおらず、自然豊かな土地を飛び回っているのだろう。

「たまたま、隣のボックス席にいらっしゃったのかしら。私たちが観劇していたら、どういう展開になっていたのかしら」

先ほど聞いた、不審者の話をするとルーファスは眉間《みけん》に皺《しわ》を寄せた。

「何かあるかもしれない。少し、調べてみよう」

「ありがとう、ルーファス。でもお義母さまを責めるような言葉は駄目よ」

「分かった。控える」

分かり合えて、通じ合った会話を出来るのが嬉しい。

ニコッと微笑むと、彼も柔らかな表情を浮かべてくれる。

大切にされているというのは、こういうことだろうか。

本音で話し合ったせいだろうか。あの日以来、クローディアとルーファスの仲は自他共に認める蜜月となっていた。

ルーファスはひたすらに甘く気遣ってくれる。

休みの日は一緒に出掛けて、公園や植物園で散歩をしたり、カフェで評判のスイーツを食べたりする。朝食も夕食も一緒に取るし、時間が合えば二人でピアノを弾いたり、屋敷のホールでダンスの練習に付き合ったりもしてくれる。

何より、隣に並んで見上げた時に蕩《とろ》けそうな甘やかな視線をくれる。目が合ってクローディアが微笑むと、そっと抱き寄せてキスをくれる。

羽のようにふんわりとした優しい手つきで抱きしめられて、顎《あご》をそっと持ち上げられる。クローディアも目を閉じて背伸びをして、柔らかな唇の感触を味わうと彼に抱きつく。

夜の生活も、手加減してくれていた。普段は翌日の仕事に備えて勘弁してもらっている。休みの前日も、予定がなければ一度だけ。クローディアが月のもので営みが無理な場合も抱きしめて一緒に眠ってくれる。

クローディアは幸せの絶頂にいた。

一事が万事そんな調子なので、王宮ではあからさまにいちゃついていなくても人の見る目が変わってくる。

どうやら二人は上手くいっているらしい、と認識する人たちが増えてきたのだ。

そして、それにイラついているのは、なんとグレースらしい。王宮に勤めている女官の間ではすぐに噂《うわさ》が広まるので、クローディアも小耳に挟んでいた。

ルーファスの元カノ。恋仲だったのを、悲劇的な理由で引き裂かれたお気の毒な王子妃。

クローディアは、そんなに好きなら身分をかなぐり捨ててでも愛を貫けば良いのに、と皮肉な見方しかしていない。

だから、グレースがあらゆる手立てでルーファスにエンカウントしようとしてるのを半笑いで見ていた。

表向きはオーランド殿下のご様子伺いということだが、ルーファスを誘惑してクローディアとの仲を引き裂こうとするのに躍起になっているように見える。

最近ではオーランドの忠実な侍従、ヴァンスはわざと情報を流してルーファスとグレースを会わせている素振りもある。

ルーファスが塩対応で、スンっとした表情のまま慇懃《いんぎん》無礼《ぶれい》にグレースの申し出を断るからだ。

『恐れ多くも王子妃殿下のパートナーは務まりません。妻と踊らせて頂きます』

談話室でピアノやダンスをねだられた時、遊戯室でゲームに誘われた時、庭園でエスコートを頼まれた時。ルーファスは全てをこの調子で断り、クローディアを隣に置く。

同時に、オーランド派の女官やメイド、侍従たちはクスクスと、振られたグレースを嘲笑《ちようしよう》するのだ。こっちもかなり感じが悪い。

でもそれなのに、グレースは諦《あきら》めずに何度もやってくる。

ムキになっているのだろうか。それとも、いずれはクローディアからルーファスを奪えると高をくくっている？

分からないが、手を替え品を替え頑張っているな、という印象だ。

その日は、他国の賓客を交えての夜会があった。

いつもは朝から夕方まで勤めると帰るクローディアも、女官として参加する必要があった。夜会や舞踏会など、大きな行事の際にはオーランドに仕える侍従や女官は全員、控えておくのが常だ。クローディアもいつものように、女官の地味なドレスで会場に控えておく。オーランドが移動する時に常に付き従うが、それとはなしに会場全体も見回す。

当然、王族であるグレースも夫であるバーナードと共に参加していた。

グレースがルーファスに付きまとっていることを、その夫は知っているのだろうか。

知っていて、それを放置しているのなら夫婦揃《そろ》ってヤバいだろう。

そんなことを考えながらぼんやり二人を見つめていると、バーナードとばっちり目が合ってしまった。まずい、余計なことをしてしまった。

クローディアはヒヤリとしながら頭を下げた。

バーナードの方はすぐに目を逸《そ》らし、侍従に何やら耳打ちしたかと思うと招待客とにこやかに喋《しゃべ》っている。

良かった、特に問題は無かったようだ。そう判断して主《あるじ》であるオーランドの動きに注視する。だから、今度は自分に近付く存在に気付くのが遅れてしまった。

気付いた時には、すぐ近くにバーナードの侍従が居た。

こちらに真《ま》っ直《す》ぐ向かってきている。もう回避出来る距離ではなかった。

舌打ちしそうになるのを堪《こら》え、侍従に向かい合う。

「バーナード殿下がお呼びだ」

高圧的な侍従に、貞淑そうにクローディアは答える。

「恐れ入りますが、オーランド殿下のお傍を離れるわけにはいきません」

「バーナード殿下のお声がけを拒否するというのか」

そうだが？　と言いたいところだ。しかし一女官に王族の命を拒否する権限はない。

オーランド優先で断ってしまいたいが、そうすれば後からバーナードにつけ込む隙《すき》を作ってしまうかもしれない。

余計な火種を作るのは避けたい。

渋々、クローディアは了承した。

まさか、こんな夜会の場で狼藉《ろうぜき》に及ぶことはあるまい。もしそうなったら、騒ぎ立ててやろう。

侍従に先導されて付いて行くと、そこは庭園に繋がるテラスだった。喧騒が遠くに聞こえるが、人の目も気配も少し遠い。しかし、個室ほど誰の目にも届かないというわけではない。

そのテラスに、バーナードは居た。

薄明かりしかないので、顔はぼんやりと認識出来る程度だが、体型が既に中年太りだ。美しく儚《はかな》いオーランドの兄とは思えないたるみ方だ。どうせろくに運動もせず飲酒してご馳走《ちそう》ばかり食べているのだろう。

ついつい、バーナードへの点が辛くて批判的な目で見てしまうのは、彼がグレースの夫だからだろうか。

礼儀作法に則《のっと》った、淑女の礼を執ると、良い良いとばかりに片手で止められる。

そして、バーナードは尊大な口調で言った。

「そなたがエヌヴィエーヌ伯爵夫人か」

「はい、さようでございます」

ではオーランドの女官としてではなく、ルーファスの妻として呼んだのか。用があるなら早く言えとばかりに、こちらからは肯定の返事のみをしておく。

すると、やはりというべきことを口にした。

「伯爵と余の妃《きさき》との件は、聞き及んでおろう。やはり、無理やりに別れさせられた恋人たちは想《おも》いを諦められないものなのか」

「…………」

色々と突っ込みどころが満載すぎて、もう口を開くのも放棄してしまった。話すのもダルい、だが不敬になってはいけないのであるかなしかの微笑を浮かべておく。いわゆるアルカイックスマイルというやつだ。

「そなたも伯爵夫人として、気に病んだり許せなかったりするやもしれん。だが、人の想いとは止められぬものだ。余が妃を見初めたように」

私は気にしてませんけど？　貴方のお妃が空回りしてるだけじゃないですか？

そう言いたいがあまりにあからさまな敵対心を見せるようでやめておいた方が無難だろう。

だから何、とも言ってしまいたいが話が長くなりそうだ。もう用がないなら帰るが、を穏便に伝える。

「お話は、確かに承りました」

「おや、あまり伯爵に興味がないのか。それとも、そのように振る舞っている？　そなたの心を知りたい」

「ただいま、お勤め中でございます。私の心は一女官としてでございます」

「ふむ、夫より勤めとな。それはオーランド故か？」

「公か私か、問われると公とお答えいたします」

するると、バーナードは威圧的な態度を出してきた。大きな声で怒鳴って言う。

「そんなことを尋ねてはいない。エヌヴィエーヌ伯爵か、オーランドか。どちらが大切かを尋ねているのだ！」

それについての答えは一択だ。だがそれでもクローディアは女官の仮面を脱がない。

「どのような意図でお尋ねなのか、分かりかねます」

「聞かれたことに答えよ！　たかが女官が生意気な。余を誰だと思っている！」

灯《あか》りが暗くてあまり表情が見えないが、彼は本気で怒っているという雰囲気ではない。女官をいたぶって楽しんでいる、という感じがする。

どっちにしても、身分の下の者を怒鳴って楽しむ、クソみたいな野郎だ。

オーランド殿下とはどこからどこまでも大違い。やはり次の王はオーランド殿下で間違いない。

クローディアはそう思いながら一礼した。

「質問の意図も、何故私に尋ねていらっしゃるのかも、全く分かりません。勤めがありますので、失礼いたします」

さっさと退散するに限る。まだ何か言おうとしているバーナードを無視して去ろうとした時、背後から近付いてくる気配に気付いた。

その人物が涼やかな声を出す。

「どうかされましたか、兄上。そのように大きな声を出されるなど」

「……!　オーランド殿下」

クローディアは狼狽《ろうばい》し、一瞬で血の気が引いた。そして、ハッとした。

バーナードの狙《ねら》いは、クローディアを怒鳴りつけることではなかったのだ。流石にそんなに浅い人物ではなかった。そうすることによって、オーランドを引きずりだしたかったのだ。

この後、彼がオーランドにどう話を持っていくかは分からない。だがロクでもないことに違いない。

大体、オーランドが今この場に居るのはイレギュラーすぎる。侍従や側近たちは何をしているのだ。

と思っていると第一の側近、ヴァンスが足早に近付いてきている。ホッとして、口を開く。

「オーランド殿下、どうぞ会場にお戻りくださいませ」

するとオーランドは素直に本音を答えてしまったのだ。

「クローディアも一緒だ」

そうすると、バーナードはこう答えるに決まっている。

「話は終わっていない」

クローディアは歯嚙《はが》みしそうになった。

絶対、バーナードは良からぬことを企《たくら》んでいる。そしてクローディアを巻き込むことでオーランドを搦《から》め捕ろうとしているのだ。自分のせいでオーランドが困ったことになるなんて絶対嫌だ。

かといって、今のクローディアの身分で王族二人に偉そうに言えることはない。

今、生意気な口をきいたら、それがオーランドのやり方かといちゃもんを付けられることだろう。

それは避けたい。

オーランドを穏便にここから逃がし、バーナードに付け入る隙を与えない方法は、と悩んでいると——。

「では、妻の代わりに私が話を伺いましょう」

今度はルーファスの声がした。

これほど、ルーファスを頼もしい存在だと思う時が来るとは。クローディアはスタオベ、両手を上げて大きく拍手しようかと考えたほどだった。

「まあ、あなた。ありがとう、お願いしますね」

そそくさとオーランドの傍に寄って、ルーファスがガードしてくれている隙に会場へと戻っていく。

背後から、バーナードの舌打ちと、ルーファスの声が聞こえる。

「それで一体、私の妻にどのようなお話があるというのでしょう」

「フン、貴様も哀れよな。婚約者には捨てられ、妻はオーランドに……」

それ以降は距離を取った為聞こえなくなった。だが文脈から大体は分かる。

バーナードは本当に嫌な男だ。そして、馬鹿ではない。

きっと、目的があってクローディアとオーランドに接触している。

ただ、いくらバーナードが弟を追い落としても、王位継承権は遥《はる》かに下だ。オーランドに何かあったところで、別の王族がいる。現国王陛下の兄弟や、先代国王の兄弟たちだ。

それなら、別の目的があるのだろうか。彼からはオーランドへの悪意が見て取れた。

バーナードが何を考えているのか、何を目的としているのか。とにかくそれを調べなければいけない時期に来たようだ。


夜会が終わってから、無事にルーファスと合流出来た。

「ルーファス、さっきは本当にありがとう。貴方のおかげで助かったわ」

「ああ、構わない。妙な雰囲気になりそうだったから、社交を切り上げて急いで向かった」

「ごめんなさいね。大丈夫だった？　嫌なこと、言われたでしょう」

きっと、グレースのことを当て擦《こす》られたに違いない。

それに、クローディアのことも悪《あ》しざまに罵《ののし》られたに違いない。それを思うとイラっとする。

しかし、ルーファスは鼻で笑って応じた。

「大したことはない。それよりも、どうしてあんなことになったんだ」

「私にも分からないんだけれど、あの方には何か目的があるみたいよ。それを調べたいんだけれど、どうすれば良いかしら」

それには彼が頼もしく請け負ってくれた。

「俺が調べよう。どうせ、他にも調べなければいけないことがある」

「何を調べるの？」

「ライリー殿下のことだ」

すっかり忘れていた。

それもそうだ、義母とライリーの一件もあったのだ。

「そうね、それも含めてお願いするわ」

その数日後、ルーファスが珍しく夜遅くまで外出した。帰宅した彼は難しい顔をしていた。

「おかえりなさい、ルーファス。どうしたの」

「ライリー殿下の件を調べていたのだが、何やらきな臭い話になってきた」

それを聞いてまず考えたのは、義母が利用されたり傷ついたりすることはないだろうかという心配だった。

「お義母さまは大丈夫かしら……」

「ああ、そちらの話ではない。ライリー殿下の身辺を探っていたら、バーナード殿下の野望らしきものが見えてきた、というだけだ」

「バーナード殿下の、野望……」

「続きは部屋で話そう」

二人の部屋に移動しながら考える。

バーナードとグレースは夫婦となった後、結託しているのだろうか。

グレースが王子妃になる為に、ルーファスは捨てられるハメになったのだ。

今はもう吹っ切れていると言うが、いつまでも元カノにまとわりつかれるのは精神衛生上良くないだろう。しかも、それをバーナード自らが当て擦ってきたりしたら腹立たしさ倍増だ。

ルーファスがそんな目に遭うと考えると、こちらもイライラする。

そんな風に思ってから、ハッとした。

今までは、グレースが頑張ってルーファスに近付こうとしているのを半笑いで見ていた筈だった。

だが現状ではちょっと目に余ると感じ、グレースだけではなくバーナードにまでイラつき始めている。

これは、良くない傾向だ。

ルーファスに優しくされるのに慣れて、それが当然のように思っている。そして独占欲のようなものまで持ち始めた。だから嫉妬めいた感情を多方面に抱くのだ。

このままでは、彼に抱くときめきや甘い感情が、ドロドロとした粘着質なものになって喧嘩や揉《も》め事の種になるのではないか。

それは嫌だ。今、こんなに仲良く上手くいっているのに。優しくされて、大切にされているのが嬉しくて、この生活を絶対に手放したくない。

クローディアの前世も含めた人生史上、一番快適な暮らしが現在だった。環境を変えるような、負の感情は駄目だ。彼にも義母にも優しく接し、穏やかさを第一にしよう。

初期の冷めきった関係から脱却した今、クローディアは今を大切にすべく守りに入っていた。

部屋に入ってソファに座ってからも、少し黙って色々考えてしまう。ルーファスは隣に座ってじっとクローディアを見つめながら口を開いた。

「どうかしたか、クローディア」

「いいえ、何でも。それで、バーナード殿下の野望とは」

「言わずと知れた、王位継承権絡みのようだ」

「まさか、オーランド殿下を押しのけて？　そんなの、無理でしょう……」

正統なる後継者はオーランドだ。

あまり考えたくはないが、万が一オーランドが王位を継ぐ前に亡くなったとしても、他の王族の方が継承権は高い。そう思って小声で呟くと、ルーファスも小声になった。

「ライリー殿下は常に慎重で注意深く、王位から遠ざかろうとしている。だが、バーナード殿下はその逆だ。王座への野望が強い。それにグレースの、度重なるオーランド殿下への接触。何かあると考えた方が自然だ」

「たとえオーランドさまに害をなしたとしても、バーナード殿下が王座に就くのは無理でしょう。他の王族方も何人もいらっしゃる」

大体、オーランドが害されたら絶対に許さないという忠臣が多数居るだろう。勿論、クローディアも含めてだ。

もし、大切な殿下を傷つける動きがあるなら絶対に潰《つぶ》したい。潰さなければいけない。

ルーファスはクローディアを宥めるように抱きしめて囁《ささや》いた。

「まだ具体的には何も分かっていない。向こうの動きを監視するしかない」

「……ええ、そうね。おかしな動きがあったら、私もすぐに報告するわ」

「こちらも引き続き、探っていく。正直、母やライリー殿下どころじゃなくなったな」

それもそうだ。だが、義母の恋愛事情よりこの国の王位継承争いの方が重要なのは仕方がない。

こういう時は、相手が尻尾《しっぽ》を出すまで何も気付かないフリで知らぬ顔をしなければいけない。それもまたストレスだが、平常心で付け込まれないようにするのが大切だろう。

クローディアはスッと立ち上がって言った。

「明日は朝早くから予定が詰まっていて、早めの出仕なの。もう休むわね」

それを聞くと、ルーファスは残念そうな顔をした。でも、あっさり頷く。

「分かった。おやすみ。あまり無理はしないでくれ」

「ええ、勿論」

義母のことや、仕事のことで最近は閨がご無沙汰になってきている。一時期はあれほど睦《むつ》みあっていたが、新婚時代が終わったということだろうか。

少し残念な気もするが、多忙であると性欲より睡眠時間の方を優先するタイプのクローディアだ。

状況が落ち着いてから、夫婦の寝室に自分から誘ってみるのも良いだろう。

にっこり笑って、おやすみのキスを軽くしてからクローディアは自室に引っ込んだのだった。


翌日、クローディアは朝早くから出仕して午後に行われるガーデンパーティーの準備に追われていた。

夜会は大人が中心となる集まりだが、王宮の庭園で行われるガーデンパーティーは貴族の子女たちも招かれる、婦女子の為の会だ。

どちらにしても貴人が集まって物を食べるのだから、少しのミスも許されない。

更に、今回は別の目的も兼ねた屋外の催しだ。周囲がピリつく中、あらゆる詳細なチェックをして走らないように動き回り、ようやく開催される時間となった。

始まってすぐ、女官仲間に目で合図をして闖入者《ちんにゅうしゃ》への対応シフトを促す。

「皆様、ごきげんよう」

今日も今日とて、ガーデンパーティーの場にグレースが乗り込んできたのだ。

しかし、これは悪手ではないかと見られている。

今開催されているのはガーデンパーティーという名の、オーランド殿下の婚約者候補を絞り込む会だった。そこに、グレースは己の遠縁という令嬢を連れてきたのだ。

栗《くり》色の髪で青色の瞳の、美しい少女だ。明るい黄色のドレスが初夏の緑に良く映えている。少々生意気そうな顔をしているが、そこが良いと気に入る人も居るだろう。スタイルが良くて若々しい、魅力的でオーランドと同年代の女子だ。

当然、グレースが連れてくるということはバーナード殿下の派閥だ。それだけでオーランド派の査定は厳しいものとなる。

それでも、どうしてもオーランドがその令嬢が良いと言うのなら候補に残しても良いが、という雰囲気に当の彼が礼儀正しく堅苦しい対応だった。

これは、無しだな。

場はそういう雰囲気になる。

しかし、そのご令嬢もグレースも、冷たい空気にもめげず朗らかでにこやかに振る舞っている。

なかなか可愛《かわい》い顔をして剛胆な心の持ち主なのだろうか。そう思いながらクローディアが控えていると。

「あら、そこにいらっしゃるのはクローディアではなくて？」

なんと、グレースが令嬢を連れてこちらにやってくるではないか。

まさか、こっちに矛先を向けてくるとは。パーティーにルーファスは不参加だったので、今自分にちょっかいをかけてくるとは思わなかったのだ。

クローディアは一瞬驚いたが、逃げるわけにもいかない。黙って立っていると、グレースは前に立って紹介を始めた。

「クローディア、こちらはキャロライン。私の遠縁にあたる娘なの。キャロライン、ご挨拶《あいさつ》を」

「はい。ごきげんよう、クローディアさま」

「ええ。ごきげんよう、キャロラインさま」

一体何が始まるのだろうと皆がチラチラ見ている中、グレースは告げた。

「ねえクローディア、この娘に貴女がお得意のマッサージとやらを教えてあげてちょうだい」

「それは一体、どうしてでしょうか」

「勿論、癒しの術《すべ》を必要としているからよ。ねえ、キャロライン」

振られると、キャロラインもすらすらと答える。

「はい、一族が皆睡眠を上手く取れないのです。勿論、未来の旦那さまにも施術して差し上げたいですわ」

周囲がザワっとした。

無邪気に言っているが、色を匂《にお》わせる発言だ。この場には相応《ふさわ》しくない。

他の令嬢も、戸惑いながらチラチラとこちらを見ている。

早くこの場を収めるべきだろう。拒否してもごねられるだろうし、了承するしかない。

本当は嫌だが、渋々頷いて誘いを口にした。

「ええ、勿論ですわ。次のお休みの日に、屋敷にいらして」

「ありがとうございます、クローディアさま」

グレースが鷹揚《おうよう》に頷き、キャロラインを引き連れて去って行く。

一体、何が目的でどういうつもりなのだろうか。

後から報告を受けたヴァンスは、いつもの真顔でクローディアに囁く。

「せいぜい気を付けるんだな。あのキャロラインとかいう娘、お前にそっくりだ」

「え……、私にですか？」

若く美しい王太子妃候補だけあって、微笑みや立ち振る舞いも人目を惹《ひ》いていた。

だが、己に似ているとは全く思わなかった。可愛いが少し生意気そうだし、強心臓の持ち主でもあった。自分はあんな風ではない、と思う。

しかしヴァンスは指摘する。

「纏う空気や雰囲気がそっくりだ。特に後ろ姿だな」

「そうなんでしょうか」

「分からないのか」

自分の後ろ姿は見たことがないので分からない。彼女に何の目的があるのかも。ただ、キャロラインを万全に迎え入れる準備はしなければいけない。

「……人をお借りしてもよろしいでしょうか」

「その方が良いだろう。人員を割こう」

「ありがとうございます」

王宮から、ヴァンス子飼いのメイドや使用人を数人配置し、どんな企みを持とうが対応出来るように待ち構えることにした。

全く、余計な仕事が増えるばかりだ。最近、バタバタして落ち着かず家でもゆっくり出来ていなかった。だが、これが終われば一旦は休める筈だ。

オーランド殿下の忠実な女官だとしても、それとこれは話が別だ。休みは欲しい。意識に前世の週休二日という概念もあるので、休みなしの連勤はしんどすぎると感じるのだ。


そうしてばたばたと準備をし、いよいよ明日、キャロラインが訪問してくる。

クローディアはその為に休みを取る羽目になった。普通に休む為に休みを取りたかった、と考えてしまうのは仕方がない。

それから、念の為ルーファスも終日在宅にしてもらった。何かあった時に夫人だけではなく伯爵本人が対応してくれるというのは心強い。

しかし、夕食も入浴も終わってあとは寝るだけという時間になると、そわそわして、落ち着かなくなってきた。まだ前日というのにこの調子では、明日はどうなってしまうのだろうか。

敵をホームに呼び込むというのは、緊張感がありすぎるのだ。

部屋まで様子を見に来てくれたルーファスが、落ち着かせようと声をかける。

「クローディア、大丈夫だ。そんなに心配するな」

「そうよね、これだけ備えているんだもの……」

気疲れしたクローディアは、リラックス効果のあるハーブティーを飲んだ。

すると、たちまち眠気が襲ってきた。しばらく、気が張ってぐっすり眠れていなかったからだろう。

「……少し早いけれど、もう寝るわ」

「それがいい」

ルーファスは抱き上げて寝台まで運んでくれた。

軽々とそんな風にしてもらえて、嬉しくてぎゅっと抱きつく。その際、身体に彼の雄が当たりゴリッとした感触があった。

気忙《きぜわ》しいのと、月のものが来たのとで最近は別々の部屋で寝ていた。ご無沙汰も良いところで申し訳なく感じる。余裕がなくて気持ちが落ち着かず、夜の生活をおざなりにしすぎたかもしれない。

「ルーファス、手でする？」

眠いが、こんなに高ぶっているのを無視するのも駄目だろう。自分たちは夫婦なのだから。

声をかけて雄に軽く触れる。しかし、彼は腰を引いて言った。

「いや、いい」

彼も、今はそんなことをしている場合ではないと考えたのかもしれない。

クローディアは代案を出した。

「じゃあ明日、面倒ごとが終わってから、しても良い？」

「そうだな。おやすみ」

ベッドで横になると、すぐに眠りに落ちてしまった。

この時のクローディアは、夫がどれほど我慢しているか、そろそろ我慢の限界にきているかを分かっていないのだった。


翌日、本当にキャロラインが訪問してきた。

訪《おとな》いを告げられたクローディアは、いよいよだと使用人に告げた。

「施術室に案内して」

やって来たキャロラインは、舞踏会に参加するかのように着飾っていた。コルセットを装着の上、宝石やレースがふんだんに付けられた豪奢なドレスを着ている。

一方のクローディアは、モスリンのシュミーズドレスだ。

そしてキャロラインに、同じようなシュミーズドレスを渡して言い放った。

「これに着替えて。コルセットも脱ぐのよ」

「学びたいのでしょう？　使用人に手伝ってもらうといいわ」

目で合図をして、部屋の隅で控えていたヴァンス子飼いの侍女を呼び寄せる、三十代くらいの、落ち着いた様子の女性が手際よくキャロラインを着替えさせた。

着替え終わったキャロラインに、更に命じる。

「この施術台の上で、仰向《あおむ》けになって」

「……はい」

色々言いたいことがありそうだったが、キャロラインは素直に頷いて指示通りにした。

クローディアはラベンダーのオイルを使って、彼女の後頭部から肩にかけてマッサージしていく。

若く柔らかな肌だが、筋肉が凝り固まっているのが分かった。

色々と命じられてにこやかにするのも気苦労があるのだろうと見た。

キャロラインの身元を徹底的に調査したヴァンスが言うには、彼女はかろうじて貴族の血統ではあるが子爵家の傍系である父がメイドに産ませた子で、認知もされず平民として育ったらしい。

だがその人目を惹く美貌で子爵家に迎え入れられ、王太子妃となるよう厳しい教育と躾《しつけ》を受けたと聞いた。

「私の手つきを覚えるのですよ。首の後ろ、肩をゆっくり解《ほぐ》していく為には力を入れず、血のめぐりを良くします」

「ええ……」

しばらくはウトウトしながらもマッサージを覚えようとしていたキャロラインだが、そのうちスヤッと眠ってしまった。

クローディアはニヤリとした。小娘を寝かしつけることなど造作もない。

しばらく経《た》ってから、ハーブティーの準備をしてキャロラインを起こした。

「施術は終わりました」

彼女はハッとして目を開いて、そして身体を起こした。

「すごいですわ。本当に眠ってしまいました。素晴らしい効果ですわね」

「こちらでお茶をどうぞ」

術後にお茶を飲む為のソファもあるのだ。導かれるまま、キャロラインはソファに座ってお茶を飲んだ。

ホゥっと息を吐いてから言う。

「でも眠ってしまったので、マッサージの詳細をよく覚えていません」

「それは実際にやっていくしかないでしょうね。どなたか、身近な方に施術して差し上げて」

「クローディアさまが実際にされている様子を、見学させてください」

「……別に、構いませんが」

軽くして見せたら帰ってもらおう、そう思ったがキャロラインは上目遣いで更なる提案をしてくる。

「ありがとうございます、嬉しいですわ。クローディアさまが、殿方に施術しているのを見たかったのです」

「……！」

殿方、つまり男だ。

これは、オーランドにマッサージしているところを見せろと言っているのだろうか。彼の私室に招き入れるわけにはいかない。

それはちょっと、と今から難色を示しても更に余計なことを言われそうだ。

だとしたら、今のクローディアが施術するべきは一人だ。立ち上がって言った。

「お茶を飲んで少しお待ちになって」

そう言い置いて、クローディアはルーファスの執務室に向かった。ノックして入るなり、彼に言う。

「今から、お時間頂けますか？　旦那さまにマッサージを受けて頂きたいのです」

「勿論だよ、クローディア」

ルーファスの表情はにこやかで、嬉しそうに執務机から離れてくる。じっとクローディアを見つめる瞳には熱があった。

二人は自然に手を繋いで施術室に向かった。

クローディアが施術室のドアをノックすると、ルーファスは不審げな表情になった。

そして、中にキャロラインと侍女がいることに気付くとたちまち冷たい表情になってしまった。

「……まだいたのか」

そう呟いたことから、彼はキャロラインが既に帰っていて、クローディアと二人きりでマッサージをしてもらえると考えていたと知る。

説明が足りなかった。正直すまない。

己のミスと申し訳なさを感じながら、マッサージチェアに座ってもらうよう勧める。

「ルーファス、ここに座って」

「……分かった」

渋々といった感じで座るルーファス。クローディアは彼の腰回りにブランケットをかけた。一応の配慮だ。

キャロラインはルーファスを見て、ここぞとばかりにまた上目遣いを始めた。

「申し訳ございません、ルーファスさま。私がクローディアさまの施術を見たいと言ったばかりに」

「構わない」

ピシャリと告げて、さっさとやれという態度だ。

クローディアはマッサージチェアの背面に立って施術を始めた。

「クローディアさま、今回はベッドを使われないのですか」

「どちらでも出来るのよ。チェアの方が施術が見やすいでしょう」

ルーファスには上着を脱いでもらって、後頭部から首にかけて軽くマッサージしていく。

キャロラインも隣で熱心に見ていた。そしてとんでもないことを口走った。

「なるほど、分かったような気がします。実際に私もしてよろしいでしょうか」

え、実際にって、今ここでルーファスにマッサージをするってこと？

クローディアが呆気《あっけ》に取られてキャロラインをまじまじと見つめていると、先にルーファスが返事をした。

「俺に触れるな」

声がめちゃくちゃ冷たい。完全なる塩対応だ。

だがめげないキャロラインがまだ言い募る。

「でも実際にしてみないと出来ないですし、私には近しい殿方もおりませんし。クローディアさま、少しだけでもいけませんか」

「客人をお見送りしろ」

ルーファスが使用人に命じた。

顔に何の表情も浮かんでいない。絶対零度の視線で、身体が震える。

もしかしなくても、彼は激怒していた。

メイドたちがキャロラインを追い立てるように部屋から出して、二人だけが取り残された。

ひとまず、退却して時間を置くのがいいだろう。

「私も、お見送りしてくるわ」

そそくさと出て行こうとしたが、彼は立ち上がって長い脚でドアまで追いかけてきた。開けようとしていた扉をバタンと閉められ、壁ドンならぬドアドン状態だ。

「気に入らないな」

低い声で言われたことに、弁解を試みる。

「私もびっくりしたわ。突然あんなこと言い出すなんて」

「こんな恰好でうろつくな」

「えっ……、んんっ、ぅ……」

言葉が途切れたのは突然キスをされたからだ。

咥内《こうない》を掻き回される、愛撫《あいぶ》みたいなキス。それと同時に、胸を揉まれている。柔らかな薄いドレスで下着も着けていないので、簡単に胸の先端が摘《つ》まれてしまう。

まだキャロラインが家にいるのにやめて、と言いたいがキスが続いて言葉は何も出てこない。

扉に押し付けられて濃厚なキスをされながら胸を揉みしだかれ、身体の力が抜けてしまう。指の間に突起を挟まれて刺激されると、下着が濡れるほど蜜が零《こぼ》れた。

キスの合間に囁かれる。

「この姿を初めて見た時、その場で押し倒して犯してやろうかと思った」

「っ！」

なんてことを言うんだ。

そういえばあの時、彼はイライラした様子で落ち着きがなかった。

屋敷の内装を勝手に変えて怒っているのかと思っていたが、そんなことだったとは。

そう考えているうちにも彼は好き勝手に愛撫を施している。

ドレスのスカート部分を捲《めく》り上げ、ドロワーズに手を突っ込まれ、ぬるぬるの割れ目に指を遊ばせる。動かす度にくちゅくちゅと水音がして恥ずかしい。そのまま一番敏感な突起をくりくりと指の腹で擦ったかと思うと、蜜孔に指を挿入させてぐちゅぐちゅ掻き回す。

いつもの丁寧でゆっくりな愛撫とは違う、強引で乱暴な手つきだ。

それなのに、クローディアの身体は蕩けてしまう。

「もういいだろう」

余裕のない表情で彼はそう言って、ドロワーズを引き下ろした。

そして下衣をくつろげ、雄を取り出してクローディアの片足を上げさせる。蜜孔に雄の先端を宛《あて》がうと、ずぶずぶ挿入してくる。

「あっ、あぁ……っ」

「はぁっ、クローディア……」

余裕のない様子だった。そのままずんずん突き上げられ、クローディアは嬌声をあげるしかない。中をごりごり擦られ、いつもと違った体勢でされるのが感じる。

それに、身長差があるのでいつもより奥に突き刺さる。何度も最奥を小突かれ、痺《しび》れる快感が膨れ上がる。

「あっ、ああーっ！」

「くっ、う……っ」

目の前のルーファスにしがみついて、はあはあと達した後の息を整える。

彼ははぁっと息を吐いた後クローディアにまたキスをした。ねっとりとした口付けだ。挿れたままだった中の雄がむくむくと大きく硬くなるのが分かる。

「とりあえず、一回出したが」

「とりあえず……」

「我慢出来なくて酷くしてしまった。だが、クローディアはそっちの方が好きなのか？」

「なっ、そんなことない……」

「いつもよりイくのが早いし、すごく感じてる」

そう言うなり、ルーファスはクローディアを持ち上げてしまった。慌てて彼の肩に摑《つか》まる。

いわゆる駅弁スタイルのまま、彼は移動してマッサージチェアにクローディアを座らせた。この間、ずっと挿入したままだ。

そして、クローディアの両足を肩に付くほど大きく広げてしまった。

「やっ、こんな、恰好……っ」

「さっき、俺を誘いに来てくれたと思ったのに」

「え……」

「見世物にする為に呼んだの、許せないな」

ルーファスは誘われたと思ってこの施術室まで来たのに、キャロラインや侍女が居たことに腹が立っているらしい。

クローディアは早く説明すべきだと口を開いた。

「見世物じゃないの、私の施術を見たいって言うから……っ、んぁあっ！」

ゴリィッ！　と最奥まで挿入されて雄で小突かれる。深すぎて驚くほどなのに、彼は激しく連続で突き上げ始めた。パンパンと肉がぶつかる音がして、その度にぬちゅぬちゅと結合部から汁が飛び散る。

「今までは優しくしてたけど、これはお仕置きだ」

「あっ、あっ！　また、イく……っ！　んん〜〜っ！」

びくびくと身体が跳ねているのに、彼はまだ奥にぐっと押し付けている。

「ずっとお預けされていたから、まだまだ足りないな。もっと付き合ってもらうぞ」

「ひぁっ、あーっ！」

一番奥を掻き回され、ずんずん突かれていると快楽で全身が弛緩《しかん》してくる。嬌声が大きくなり、涎《よだれ》を垂らしながらクローディアは許しを請うた。

「ごめんなさいっ、ごめ、ごめんなさぁっ……、あっ、あーっ！」

「ふふ。可愛い。そうやって俺に縋りついてくるクローディアはとても良いな」

「はっ、はひっ……」

「優しく可愛がってあげたいと思うけど、もっと酷くぐちゃぐちゃにしたいとも思うんだ」

「あっ、許して……っ」

「もう少し、付き合ってもらおうか」

そのままごちゅん！　と奥に突き上げた瞬間、クローディアの目が見開かれた。

明らかに、入ってはいけない部分にまで雄の先端が届いている。

はく、はくと息をしているクローディアを見て、ルーファスはニヤリと笑った。綺麗な、そして底意地の悪そうな笑みだった。

そのまま更に体重をかけるように奥をぐりぐりされて、クローディアの口から普段は出ないような声がした。

「お、おっ……！」

これは、駄目だ。目の前が霞《かす》む。頭がチカチカして、この快楽を受け止めきれない。

しかしルーファスは容赦しなかった。

「ふふ。飛びそうになってる。でも意識はしっかりしろ。誰に抱かれているか、ちゃんと分かるようにな」

「あっ、あぁっ！　らめっ、らめぇっ！　それ、んあっ！」

ドスドスと突き上げられ、もう何も分からない。イきっぱなしになって、蜜と精液が混ざった物が結合部から飛び散っている。

それなのに、ルーファスはキスをしたり胸を揉んだりしながら腰を動かし続けている。

「クローディア。君の夫は誰で、君は誰のものか、言えるか？」

「あーっ、あー……っ」

「聞いているか？」

わざとゆっくり腰を引いて、ぬるーっと抜いた後ばちゅんっと奥まで突かれる。

もう死にそうだった。

「あっ、ルーファス……っ、ルーファスぅ……っ！　もう、許して……」

「だーめ」

その言い方が最高に意地悪で、気持ち良くて、感じてしまう。

「あぁ、ルーファスぅっ……！」

「もっと俺の名前を呼んで、クローディア」

その後は、何度も彼の名前を呼びながらイかされ、中に出され、終わった時には腰が立たなくなっていた。

マッサージチェアで足を開いたまま、だらりと力が抜けたクローディアを、ルーファスは嬉しそうに寝室に運んでくれたのだった。


散々揺さぶられてベッドに沈み込んだ翌日、クローディアは反省していた。

やはり、一方的に彼に我慢をさせていたのは良くなかった。だから、あんな風にたがが外れて酷い抱き方をされてしまったのだろう。

まだベッドから動けないクローディアを迎えに来た彼はとても機嫌が良くて、気遣ってくれた。

「身体は大丈夫？」

「え、ええ。あの、私も悪かったから、あんな風に酷いのはもう止めてほしいの」

「それはクローディア次第だな」

「う……、そうね。気を付けるわ」

「じゃあこれからは、普段からたくさんしたいな」

「…………えぇ」

やっぱり、そうなってしまうのか。

気持ち良すぎて、頭が馬鹿になってしまうのが嫌だけれど仕方がない。

こくりと頷くと、彼は色っぽい微笑を浮かべた。

そのままゆっくり押し倒される。

えっ、今まだ朝で、昨日の今日なのに？

抗議の声は、キスに封じられた。

第四章◆もう一人の殿下

「クローディア、すごく色っぽくなったわよね」

「え……、そうかしら」

女官仲間の言葉に小首を傾《かし》げるが、周囲の人たちはうんうんと頷《うなず》く。

「やっぱり、旦那《だんな》さまにたくさん可愛《かわい》がってもらっているからかしら」

昨夜も濃厚に抱かれて何度も達してしまったことを思い出して、下腹部がきゅんと引《ひ》き攣《つ》る。

ルーファスの絶倫さは手に負えなかった。

なんだかんだでそれに付き合っているクローディアも、丈夫で好きものなのだが。

「ほら、噂《うわさ》をすれば」

ルーファスが今日も王宮に来ているのだ。

「クローディア」

柔らかな声に呼び止められ、足を止める。女官仲間たちは気をきかせて先に行ってしまった。

「どうしたの、ルーファス」

「どうもしていないよ」

そう言って抱き寄せて唇を合わせてくる。

「もう、場所をわきまえて」

「いつどこでだって、君は俺の妻だ」

まあそれはそうだが、と考えているうちに遠くに集団の気配がした。

フと見ると、それは王子妃グレースとその取り巻きたちの一団だった。

「駄目よ。仕事中だし、それにグレース殿下に見つかってしまうわ」

「そうだな」

そう言いながら、彼はもう一度キスをした。それも濃厚なやつだ。

クローディアもつい夢中になって応じてしまってから、身体《からだ》をふいと離した。

「駄目、これ以上は止まらなくなるわ」

「じゃあ続きは夜に」

「……明日はお出掛けよ。忘れないでね」

明日はクローディアが休みなので、二人で美術館に出掛けようと約束していた。

それを思い起こさせたのは、執拗《しつよう》に抱かれて翌日ヘロヘロにされない為《ため》だ。

ルーファスはその気持ちが手に取るように分かったらしい。クスリと笑って言った。

「ああ、勿論《もちろん》だよ。分かっているとも」

「もう行くわね」

さっきグレースが居た場所をチラリと見ると、彼女たちはそこから動いていなかった。ただ、クローディアを憎悪に塗《まみ》れた視線で睨《にら》みつけていた。

何故《なぜ》そんな目で見られなければいけないのだろう。ルーファスを捨てて王子妃になったのはグレースだというのに。

疑問を抱きながらも、クローディアは仕事に戻るのだった。


美術館で二人、ゆっくり展示品たちを見て回るのは楽しかった。

「色んな歴史があって、昔の人々の息吹を感じられるのがいいわ」

「様々なテーマで時期ごとに企画展もしているんだ。また来よう」

「特別展と常設展示、色々あるのね。ええ、次の楽しみだわ」

前世の記憶があって、別の世界で暮らしていても歴史を感じられるのは面白い。

それはそれとして、ヒールのある靴で歩き続けては足が痛い。この世界にはスニーカーなんてものが存在しないからだ。

スニーカーとロングスカートの組み合わせも可愛いと思うので、どうにかしてこの世界に発明させられたらいいのだが。

そんなことを思いながら、美術館の敷地内にあるカフェに来た。開放的な造りのカフェで、緑に囲まれている。外の風も気持ちが良い。

「テラス席にしようか」

「ええ」

給仕がコーヒーを運んでくれて、二人でゆったりとした時を過ごす。

突然、ルーファスがハッとしたようにコーヒーカップをソーサーに乱暴に置いた。ガチャン、と音がしていつもの彼らしくない所作に驚く。

「どうかした？」

「クローディア、カフェの中に……、ああ、もう間に合わないか。俺の後ろへ」

「えっ」

気付けば抜き身のナイフを持っている男たちの集団が、二人を取り囲んでいた。皆、ガラの悪そうな平民の恰好《かっこう》をしている。町のならず者集団に絡まれたようだ。

どうしよう、誰か助けを呼びに行かなければ。

クローディアもルーファスも、武器になるようなものは何も持っていないのだから。

しかしルーファスは落ち着き払って声を出した。

「何か用かな」

「カネを出せ」

「はい、どうぞ」

ルーファスは懐から分厚い財布を取り出して、彼らの足元に投げ出した。ドサッと音がする。強盗のうちの一人が財布を拾ったが、誰も引き上げていく様子がない。

ルーファスは冷静に尋ねる。

「まだ何か？」

「痛い目、見てもらうぜ」

じりじりと寄って来る男たちを見て、反射的に昨日のグレースの憎悪を思い出す。

身体《からだ》が震えて、立てない。思えば、これほどの悪意に晒《さら》されるのは初めてだ。

だがルーファスはそうではないらしい。スッと立ち上がって言った。

「だったら最初から、そう言えば良いのに」

そしてまだコーヒーが入っていたカップを手に持つなり、財布を拾った男に投げつけた。

「あっ！」

男たちの視線がコーヒー塗れになった男に注がれる。次の瞬間、一番手前にいた男にルーファスが殴りかかっていた。

あっという間にその男を殴り倒し、ナイフを取り上げる。そこからは圧巻だった。

ルーファスがナイフを剣のように扱い、次々に男たちを制圧していく。彼の強さは半端なものではないようだ。

騒ぎを聞いてカフェの店員が駆け付けた時には、暴漢たちは全員地面に転がっていた。

ルーファスは財布を取り戻してから、その中から札を数枚抜いてカフェ店員に手渡した。

「警吏《けいり》を呼んでもらえるかな。これは騒ぎを起こしたお詫《わ》びだよ」

過分なチップを貰《もら》った店員は喜んで、走って警吏を呼びに行った。

クローディアがぼんやりしていると、ルーファスが声をかける。

「クローディア、大丈夫か？」

「え、ええ。貴方《あなた》こそ……」

「俺は何ともないよ。怖かっただろう。早く帰ろう」

「えっ、事情聴取とかはいいの？」

「何かあれば、後日尋ねられるだろう。それにどうせ、彼らは末端の実行役だ。何も出てこないだろうさ」

ルーファスにエスコートされ、屋敷に戻る途中でクローディアはドキドキしていた。

今更ながらに、夫がかっこ良すぎてだ。暴漢相手でも落ち着き払っていて、冷静に対処する。クローディアへの気遣いも忘れない。

「ステキ……」

「……どうした、クローディア？」

訝《いぶか》し気に尋ねるルーファスに、クローディアはぽぉっとなって言った。

「恰好よくて、素敵だと思ったの」

目を丸くするルーファス。だがそれも一瞬で、ニヤリとした。

「へえ。ああいうのが好きなんだ」

「好きっていうか、その、守ってもらったのがとても嬉《うれ》しくて、ときめいたというか。まあ、好きなんだけど」

「！」

もう気持ちの誤魔化しようが分からなかった。

大体、クローディアは人を減点方式で見てしまって恋愛に向かないタイプだった。好意より批判的な気持ちが大きい性質《たち》だ。

ルーファスのことは、最初がマイナスから始まったので好きになんてなれないと思っていた。それなのに、優しくされて甘やかされたらコロッと参ってしまったし、守ってくれたら恰好よくて眩《まぶ》しく見える。

最初の対立なんて考えられないほど、今や彼のことが大好きになっていた。

ぽぉっと彼を見上げていると、向こうも熱い感情のこもった眼差《まなざ》しで見つめてくる。顔が近付いてきて、キスを交わす。

馬車の中なのに、もう止められなかった。挿入以外のことを全《すべ》て行って盛り上がった二人は、帰るなり寝室に直行となった。

「好き、好きぃ……っ」

「ふふ。こんなに素直になって。可愛いな」

ゆったり優しく抱かれ、クローディアは夢中になって彼に抱きついていた。

雄をゆっくり出し挿《い》れされるのが気持ち良すぎて、腰を突き上げて動かしてしまう。

「あぁっ、ルーファス……っ」

「クローディア、愛している」

「私も……っ！　ルーファス、好きぃ……っ」

ようやく、二人は本当の夫婦になれたような気がした。

その日、二人が夕食を取る為に寝室から出てきたのは、随分遅くなってからだった。

当然、義母であるルーナの姿はダイニングにない。

「お義母《かあ》さま、呆《あき》れていらっしゃらないかしら」

怒ってはいないことを祈りたい。そう考えていると給仕の使用人が教えてくれた。

「大奥さまは本日、外出されております」

「……何処《どこ》へだ」

「ご友人と食事をされるとかで」

「またか」

嫌そうに言ったのはルーファスだ。

実はちょくちょく、ルーナが外出して不在にしている。たまに朝帰りも。

ルーナも開き直ってきていて、自分も好きにさせてもらうから息子夫婦も好きにしろという感じだ。

確かに、こんなに色ボケした息子と嫁が近くにいたら嫌になるし、外に出て友人と気晴らしもしたいだろう。

そのご友人のことを考えて呟《つぶや》く。

「あの方とご一緒なのかしら」

「まだ噂にはなっていないが、全く。余計なスキャンダルになる前にどうにかしなければ」

「どちらも独身だったらそこまで気にしなくても」

「王族、それも妾腹《しょうふく》の流浪の殿下と未亡人の情事など醜聞もいいところだ。火遊びなら早めに切り離さないと」

「では、本気だったら？」

その問いかけには、ルーファスは黙り込んでしまった。しばらく経《た》ってからボソリと言う。

「……どちらにせよ、いずれ話し合う」

「そうね。お義母さまは苦労なされたから、労《いた》わってあげたいわ」

それから一週間程経ったある日、出仕すると宮中に不穏な空気が漂っていた。

こういうのは肌で感じるしかないのだが、いつもの落ち着いた宮廷ではなかったのだ。皆がザワつき、バタバタしている。

一体どうしたのだろう。

そう思っていると、バーナード付きの女官がこちらにやって来た。

「バーナード殿下がお呼びです」

「え、私をですか？　何かの間違いじゃ」

パーティーでの一件以来、全くの没交渉で顔も見ていなかった。その彼が、異母弟の一女官に用があるなど考えられない。

しかし女官は言う。

「いいえ。エヌヴィエーヌ伯爵《はくしやく》夫人をお呼びです」

「……分かりました」

一体何を言われるのやら。ルーファス絡みの何かかもしれないが、彼には秘めた野望があるかもしれないのだ。絶対にオーランドに迷惑がかからないよう、立ち振る舞いに気を付けなければ。

気を引き締めつつ、仕方なく付いて行く。

案内された謁見の間の上座では、椅子《いす》にふんぞり返るバーナードが居た。その隣には王子妃のグレースがキツい眼差しながら勝ち誇った表情をしている。

バーナードは国王陛下が十五歳の時に出来てしまった子だ。勿論、不測の事態だった。三十歳だったと記憶しているが、何だか貫禄《かんろく》があって実年齢より年上に見える。

クローディアは女官の礼を執ってバーナードの言葉を待った。

その第一声は、耳を疑うものだった。

「エヌヴィエーヌ伯爵と離縁せよ」

「……？　何故でしょうか」

そもそも、ルーファスとの婚姻は王命だった筈《はず》だ。言っちゃなんだが、何の力も無い王子ごときに何故そんな指示をされなきゃいけないんだ、という気持ちでいっぱいだ。

するとバーナードは文官らしき男に顎《あご》で合図してみせた。文官がとうとうと文書を読み上げる。

「エヌヴィエーヌ領の民より訴えがありました。領主が悪政を敷いて私腹を肥やし、民を不当に苦しめている。民が直訴を試みても領主は傲慢《ごうまん》に財布を投げ与え、その後、武力による制圧を行った」

あのカフェの暴漢はこれの伏線だったのか。

クローディアは怒りを通り越して呆れかえった。

「この通り、悪い領主とその妻を弟の傍《そば》に置くわけにはいかない。早々に離縁せよ」

「……その直訴とやらを、私も目撃いたしました」

クローディアの言葉に、バーナードは醜い腹を揺らしてにやりと笑う。

「おお、では伯爵が民に暴力を振るうのを目の当たりにしたのだな」

「あれは領民ではありません。ただの王都にいるごろつきです。それも、ナイフを振りかざして金を脅し取ろうとする強盗でした」

「それは誤った見解というものだ」

お前がな、という言葉を危うく口にするところだった。

そんなことでハイ分かりましたと離縁するわけがない。

「その領地の民というものの正体が分からない以上、訴えについて審議を要求します。大体、そんな言いがかり一つで離縁に同意などいたしません」

するとバーナードは言う。

「陛下はもう許しておられる」

「一旦《いったん》持ち帰らせて頂きます」

「オーランドも認めている」

「そんな馬鹿な」

あっ、ついうっかり馬鹿って言ってしまった。

しかしバーナードは不敬な言葉遣いを気にしなかったようだ。

「大体、オーランドが可哀想《かわいそう》だと思わないのか。少しでも黒い噂のある伯爵夫妻を身の回りに置くなど、あやつの評判が落ちるだけだ」

「オーランド殿下には分かって頂けるよう説明申し上げます」

「こうまで説得しても分からないなら仕方がない」

そんな説得もしてないだろう、と思ったが騎士たちが周囲に迫ってきたら軽口も叩《たた》けない。

「さあ、早くここにサインを」

なんと、準備よく書類まで用意してある。

一体何故？　この王子は一体何を企《たくら》んでいる？

「お断りします。強引にサインをさせたところで、私は従いません」

「押さえつけてでもサインさせろ」

無慈悲な命令に窮地に陥った時だった。

突然、謁見の間の扉が大きな音を立てて開けられた。

「クローディア！」

その声でホッとした。ルーファスが助けに来てくれたのだ。

だが、彼が駆け付けたところでバーナードが権力を振りかざすのには変わらない。むしろ、状況が悪化したかもしれない。

「ルーファス……」

「そんな心配そうな顔をするな。大丈夫だから」

クローディアの不安を見て取ったようで、彼は傍に寄って安心させてくれた。

バーナードが言い放つ。

「不敬である。そなたの悪政には訴えがあり、見過ごすわけにもいかぬ。即刻領地での謹慎を命ずる」

「一体どんな権限があってそのような命令をしているんだ」

穏やかな、落ち着いた声がして振り返る。

扉の前に、三十代と思われる男性が立っていた。

日に焼けた精悍《せいかん》な風貌《ふうぼう》で、渋い容貌をしている。まあ言ってしまえばイケおじだ。

あれは一体誰だろう、そう思っているとバーナードが絞り出すような声を出した。

「ライリー叔父上……」

「そう、君と似たような境遇の大叔父だ。まあ俺は王座なんて興味もなく過ごしていたけどな」

ではこの方が、義母のお相手か！　クローディアはマジマジと見つめた。

流石《さすが》王族なだけあって整った容姿をしている。フィールドワークを常にしているから日焼けしているのだろう。しかし肌が滑らかなまま焼けているのでワイルド系のイケメンに見える。王宮でなまくらをしているわけでもないからガッチリ精悍なのか。バーナードの方が老けて見える程だ。

義母の好みはこういうのなのか～、と思って見ているとルーファスがクローディアの首をぐいっと自身に向けた。

「クローディア、何を見ている？」

「首を痛めるじゃない。それより、あの方がライリー殿下なの」

「ああ。彼を連れてくるのが一番話が早い」

何がどう早くなるのだろう。クローディアは黙って事態を見守る。

バーナードが口火を切った。

「叔父上、王宮のことに詳しくないであろう貴方が口出しすべきことではない」

「お前もまどろっこしい計画を立てるもんだな。そんなことをしても、お前に王座は転がってこないぞ」

やはり王座を狙《ねら》っていたのか。

しかし、クローディアが離婚してルーファスが失脚したところで、何故彼が王になれるのだろう。王太子にもなれないだろうに。

「別に、そのようなつもりは無い。ただ王国の為に動いているだけだ」

するとルーファスが告げる。

「寝物語にでもグレース殿下から聞いて計画を立てたのでしょう。オーランド殿下お気に入りの女官の夫が、グレース殿下と親しい関係だったと」

「私は、別に、何も……」

グレースが突然名前を出されて首を横に振る。

だがルーファスは続けた。

「グレースが私を誘惑し、妻との仲を冷えたものにする。オーランド殿下が妻を慰め、深い仲になった場合はそれを攻撃し、立太子に疑問を唱える。グレースが使えないと見ると、直接的に私を攻撃し妻と別れさせ、妻をオーランド殿下に献上する。どちらにせよ、ご自身が王太子になるべくつまらない策略を立てたものだ」

「そんな計画、上手《うま》くいかないでしょうに……」

クローディアが呆れて言うと、ルーファスは複雑そうな表情で唸《うな》った。

「うーん……」

「え？」

「いや……」

何か言いたそうだが今ここで話すのもな、という感じだろうか。

クローディアをオーランドに献上と言ったって、彼が手を出すとは限らない。

もしそうなっても、それを表沙汰《おもてざた》にして攻撃したところで王太子の座が揺らぐだろうか。

まあ、今のバーナードの状況では万が一にも王太子になる可能性が無いので、少しでも可能性があれば賭けるといったところか。

どちらにせよ、巻き込まれるクローディアにとっては迷惑な話である。

全てを聞いてもバーナードはしれっと否定した。

「そのような事実は一切無い」

するとライリーが尋ねる。

「では、王座には興味が無い？」

「王族として民の為に寄り添って尽くすのみだ」

おお、国会答弁みたいなイエスともノーとも答えない言い回しだ。

それを聞いてライリーはニヤッとした。

「それなら安心だな。王太子や国王にならずとも、民に寄り添って尽くすということだから」

「……？」

クローディアだけでなくバーナードも怪訝《けげん》な顔をする。何が安心なのだろうか。

不思議に思っていると、ライリーが言った。

「今回、王宮に戻ったのはある法案に可決のサインをする為だ。王妃ではない女性から産まれた王子、つまり私のような存在は婚外子として王位継承権を授からないという法案だ」

「なっ！」

バーナードが真っ青になって立ち上がった。椅子がガタンと音を立てる。

「おや、どうした。そんなに焦って」

「正気か！　そんな法案を成立させるなど」

「勿論。婚外子とはいえ、王子としての身分は変わらない。王位継承権が無くなるだけだ。楽でいいだろう」

「ふざけるなっ！　そんなこと、許さんっ！」

「おやおや。王位継承権がなくても民に寄り添って尽くすのだろう？」

ライリーが追い打ちをかけて嫌味を言う。

ルーファスもだ。

「というわけで、私を追い落とそうと妻との仲を引き裂こうと、殿下方の王位には何ら関係ないということです。いやはや、徒労でしたな」

はっはっは、とルーファスとライリーが笑ってバーナードがぐぬぬ、となっている。

「そんな法案、絶対に許さんっ！」

バーナードがだらしない身体を揺らし、慌てて謁見の間から出て行く。

グレースには目もくれない。

じゃあ我らも外に、となった時にグレースが口を開いた。

「待って、ルーファス！」

「グレース殿下、親し気に名を呼ぶのはお控え頂きたい。エヌヴィエーヌ伯爵と」

「そんな、ルーファス。私、決して策略なんかとは関係ないし、貴方とはずっと仲良くしていたいのよ。冷たいことをおっしゃらないで」

「お断りいたします」

ぴしゃり、と冷たく突き放す。だがグレースはめげない。

「ルーファス、怒っているの？　私が貴方と別れて、バーナード殿下と結婚してしまったから。でも、仕方がなかったのよ。私も辛《つら》くて……」

わざとらしく涙をぬぐうしぐさをするグレースに、ルーファスは一度だけ振り返った。

その目は、キャロラインに向けたような冷たい視線だった。

「いいえ、全く。怒っても気にしてもいません。過去のことには何も思っていません。私には、今があるので。クローディア、行こう」

「え、ええ……」

ルーファスは元カノとすっかり訣別《けつべつ》しているらしい。それからグレースには一瞥《いちべつ》もくれず、クローディアだけを見つめていた。そのことに、とてもドキドキする。

こうして、クローディアたちは謁見の間を退室していった。


その後ライリーの応接室に招かれ、クローディアはひとまず礼を述べた。

「助けてくださってありがとうございました。それにしても、よく来てくださいましたね」

ライリーは普段、王宮にはおらず権力争いには興味がないという立場を貫いている。それが、こんな風に関《かか》わってくれたのだ。

するとルーファスが皮肉げに笑った。

「遊ばせてやっているのだから、それくらいは役に立ってもらわなければな」

遊ばせて、とは勿論義母のことだろう。なんて口のきき方をするのだろう。

クローディアは夫を窘《たしな》めた。

「そんな言い方、失礼でしょう」

「構わない。こちらとしても、我慢ならなかったからな。奴《やつ》らはやりすぎた」

ライリーは鷹揚《おうよう》に頷いて許してくれている。心が広いのだろうか。

「ありがとうございます。やはり、王族内でも目に余る行為だと評されていたのでしょうか」

「いいや。君たちがすっぽかしたあの観劇の夜、彼女は恐ろしい目に遭った。君たちを狙った暴漢にもう少しで襲われるところだったからな」

「あっ！　あれも、バーナード殿下の差し金だったのですね」

そういえば、そうだった。初めて朝帰り、どころか昼過ぎに帰ってきたルーナは劇場に侵入者が居たと言っていた。

バーナードの差し金だったから、劇場内のボックス席まで入り込めたのだろう。

「そうだ。彼女を放置した君たちにも思うところはあるが、まあ良いだろう。今後は俺が保護すれば良いのだからな」

「母は、それほど長く付き合うつもりはないと言っていましたけれどね」

ルーファスがまた水を差す。

母親が父以外の男になびくのは嫌で刺々《とげとげ》しいのだろうが、あんまりマザコンなところを見せられるのも複雑だ。

しかしライリーはそんな嫌味をものともせず、ルーファスにフッと笑ってみせた。

「俺の方はそのつもりだ。なんせ、三十年も片思いをしていたからな」

「三十年！　えっ、それではライリー殿下の初恋とか、でしょうか」

女性好みの話題が出てきて、ついクローディアは食いついてしまった。

ライリーはその通りだと昔を懐かしむような目をする。

「立場の微妙な俺にも、彼女は優しかった。三歳年下で弟扱いだったが。その後彼女はすぐに婚約して結婚してしまったけれど、俺はずっと想《おも》い続けていた」

「まあぁ。それでは、たまたま劇場で隣のボックス席にいらしたのをきっかけに再会したのですね」

偶然からの再会、そして初恋が実るなんて小説みたいだ。

と思ったのだが、彼はそれを否定した。

「今回たまたま上手くいったというならそうだが、再会は何度も試みていた」

「え……」

「彼女が結婚中も、未亡人になってからも、事あるごとに会って話そうとしていた。だがガードが堅くて挨拶《あいさつ》以上の話はなかなか出来なかった」

「……こわ」

つい本音が漏れてしまったが、許してほしい。

劇場で隣のボックス席にいたのも偶然じゃなくて、話す機会を窺《うかが》っていたに違いない。

ルーファスも更に冷え冷えとした瞳《ひとみ》になる。

「ろくでもない男だな」

「フン。成就するまで諦《あきら》めなければ叶《かな》うということだ。それはオーランドも同じだろうよ」

「！」

オーランド殿下の話が出たことに、クローディアたちは驚く。

なぜ彼も同じなのだろうか、と思っているとライリーは余裕の笑みで教えてくれた。

「二十年後、三十年後はどうなっているか分からないだろう。夫婦の間に隙間風《すきまかぜ》が吹いているかもしれないし、離縁しているかもしれない。彼女のように、夫に先立たれているかも……」

「……失礼する！」

ルーファスはクローディアの手を引いて、さっさと部屋を出て行く。礼儀も何もあったもんじゃない。

けれど、しっかりと握られた手が嬉しかった。

王宮をずんずん歩きながら、ルーファスは怒ったように言う。

「君は俺の妻だ、クローディア。離さないからな！」

「ありがとう、ルーファス。私も努力するわ」

「努力……？」

何の話だ、と顔を覗《のぞ》き込むルーファスに告げる。

「貴方、もうグレース殿下のことは吹っ切れたんでしょう」

「ああ」

「だから、私も心変わりされないように努力をしなければいけないと思って」

「そんなことはない」

彼は否定するが、そうじゃないと重ねて説く。

「互いに思いあって行動するのが、夫婦でしょう。グレース殿下みたいに人を裏切っておいてずっと好かれたいなんて思い上がりもいいとこだわ。だから、貴方にずっと想われるよう、私も努力するの」

「努力なんてしなくていい。そのままのクローディアでいいから」

その言葉に嬉しくてニコッとなる。

「夫に尽くすのも、愛される為に綺麗《きれい》でいるのも努力よ。勿論、夫に奉仕するのもね」

「奉仕って？」

期待に満ちた声だった。

クローディアは声を落としてそっと囁《ささや》く。

「帰ったらマッサージしてあげる」

彼はニヤリと笑った。

寝る支度をして夫婦の寝室に向かうと、待ちかねていたルーファスがベッドの傍まで手を引いた。すぐさま興奮した様子で激しいキスを仕掛けてきた。唇を合わせるや吸い、舌を絡ませてくる。

「んっ、んん……」

同時に胸を揉《も》みしだかれている。

「可愛い、もう乳首が立ってる」

キスの合間に囁かれて、恥ずかしい。ナイトウェアの上から、その乳首をすりすり擦《こす》られ更に感じてしまう。

「やだぁ、んっ……」

「クローディア、君から求められたいんだ。あまり嫌がらないで」

「あっ、ん、恥ずかしいだけで、嫌じゃないのよ、はぁっ……」

「それなら良いが」

クローディアの言葉を聞いて、彼はニコリと微笑《ほほえ》んでテキパキとナイトウェアを脱がせてしまった。そのまま下着も脱がせてクローディアだけ裸にしてしまう。

ルーファスの方は、楽な部屋着とはいえ貴族然としたシャツにズボンだ。いつもは彼もガウンかナイトウェアなのに。戸惑いながら両手で身体を隠して口を開く。

「ちょっと、恥ずかしいんだけれど……」

「綺麗だよ。もっと見ていたい」

「見てないで、ルーファスも脱いで？」

「それは後だ。今脱いだら、すぐにでも突き挿れてしまう」

そんなことを言って彼はベッドの上にクローディアを寝かせた。入浴後なのに服を着ているのは、すぐに挿入するのを避ける為らしい。どうしてそこまで、と思いつつ素直に従ってベッドに仰向《あおむ》けになる。すると、彼はベッドサイドの引き出しからローションを取り出した。

そういえば、以前マッサージに使った物の残りが置いたままになっていた。

彼はそれを手のひらに出して、両手を擦り合わせて温めだした。猛烈にイヤな予感がする。

クローディアは震える声で確認した。

「あの、ルーファス。それは」

「これでマッサージをしてあげよう」

「私がしてあげるから、ルーファスは……」

何もしなくていいと提案しようとしたが、最後まで言い終わる前に遮られた。

「クローディア、ちゃんと気持ち良くするから嫌がらないで」

「そうじゃなくて。されたら気持ち良くなりすぎそうだから怖くてヤなの！」

「クローディア。俺を受け入れて？」

甘く囁かれたら、どうしても嫌だとは突っぱねられない。

「う、うぅ～……」

「ハハ、可愛いな。優しくするから」

ぬるぬるの両手で、ルーファスは首筋から撫でだした。

「ひゃぁんっ」

「くすぐったい？　それとも感じてる？」

優しい声に、クローディアは泣きそうになりながら答える。

「感じてる……っ」

「じゃあ、胸を触ったらもっと感じるかな」

彼の手が徐々に下がっていく。そして手のひらで両胸を覆うと、そのままぬるぬると撫でまわした。胸の先端が転がされ、とんでもない快感を伝える。

「あぁっ！　あーっ」

「すごく気持ちが良さそうだ。このまま胸だけでイけそう？」

「ヤだぁっ」

反射的に否定してしまったが、彼は機嫌よさそうに行為を続ける。

「気持ち良いのを嫌がらず、受け入れてほしいんだ。クローディア」

「はぁっ、あっ、気持ちいい、から……っ、でも、強いぃ……っ」

喘《あえ》いでひいひい言いながら足をじたばたすると、彼は乳房を下から持ち上げるように手を動かした。

「じゃあ、少しゆっくりしよう」

「んっ、う……」

今度は焦《じ》らすような動きだ。ふんわりと胸を揉んだ後、乳輪をなぞるようゆっくり指を動かしている。乳首に触れないよう、胸の先端を避けて指を動かされると焦れったくて腰を動かしてしまう。それを分かっているように、笑みを深めたルーファスは手を胸より下に動かしていく。お腹《なか》から腰回りに触れられると、期待で下腹部が疼《うず》いた。更にローションを足して、内ももを撫でられるとひとりでに足が開いていく。

彼はにこやかに、けど意地悪くそれを指摘した。

「足を開いてそんなところを見せつけて、えっちだなあ」

「っ、やだ……」

「俺に触ってほしい？」

ルーファスが言葉責めをするなんて。その質問に素直にハイと答えるにはクローディアの羞恥《しゅうち》心《しん》は強すぎた。

「う……」

勿論触れてほしいし、一つになりたい。

しかし、彼の綺麗な顔に下半身を晒すのは恥ずかしくて仕方がない。

クローディアは目を伏せて彼から視線を逸《そ》らした。

すると、ルーファスはまた意地の悪い声を出した。

「同意がなければ、無理に触れることは出来ないな」

そう言って、ピタリと閉じられたままの襞《ひだ》を上からふわりと手のひらで覆った。触れられているのに、ちゃんと触ってはもらえない。軽く触れられているだけなのに彼の手の感触は、クローディアの身体を熱くした。

「はっ、はぁ……っ」

「手で覆ってるだけで、濡《ぬ》れてるって分かるな」

「やだ……」

そんなことは指摘されなくても、よく分かっていた。蜜《みつ》がしとどに溢《あふ》れ出ているのに、中には触れてもらえない。彼は全く力を入れずに、手をすりすりと軽く動かした。それだけで感じてしまうし、水音がくちりと鳴っている。

「ほら、音もしている」

「やだぁ、意地悪」

「あー、可愛い。もっと苛《いじ》めたくなる」

彼の言葉は思わず出て来た、という感じだがとても美しく楽しそうな笑顔だった。

こんなに美しい男に性的に苛められると思うと、被虐嗜《しこう》好のない筈のクローディアなのにドキリとしてしまった。

「ヤだ、意地悪しないで……」

「俺はもっとクローディアに求められたいだけだよ」

そう言うと、彼は予告なしにつぷりと蜜孔に指を一本挿入した。

「ひぁっ、あー……っ」

指は動かしてもらえない。クローディアの媚肉は悦《よろこ》んで蠢《うごめ》き、きゅうきゅうと彼の指を締め付けているというのにだ。

そのまま彼は覆いかぶさってきて、優しくキスをする。さっきの口付けとは違い、唇を合わせて軽く舌を舐《な》めあうような穏やかなものだ。クローディアは夢中になって舌を擦り合わせ、そしてまた足を開いて腰を揺らしていた。

それをまた、意地悪く指摘される。

「足を開いて腰を揺らして、自分で気持ち良くなろうとしてる。クローディアはえっちで可愛いな。もう少し、俺に甘えてくれたらもっと嬉しいんだが」

彼に、おねだりするべきなんだろう。ルーファスはそれを望んでいる。

それに、クローディアも彼が欲しい。

はあっと熱い息を吐いてから、おねだりすべく口を開いた。

「お願い、ルーファス。挿れて……」

「ふふ。おねだりするクローディアも可愛いな。だが、これくらいはしてもらわないと」

そう言って彼は指を引き抜くと、クローディアの手を取った。そして片手ずつに慎ましやかな襞を触れさせて割り開かせた。

「あっ、やだ、見ないで……っ」

「綺麗だよ、クローディア。クリトリスにはまだ触れてないのに興奮して大きくなってるし、ここもとろとろになってる。はあ、たまらない」

熱い視線を送っていたルーファスは、我慢出来ないとばかりに顔を近付けた。そのまま、一番敏感な突起を下から上へ舐め上げた。

「ひぁっ、あーっ！」

強すぎる直接的な快楽に、クローディアは身体をびくんと反応させて大きな嬌声《きょうせい》をあげた。

するると、彼は舐め方を変えた。舌の腹で触れるか触れないか、ほんのごく弱い緩やかな愛撫にしたのだ。

「つ、う、んん……っ」

クローディアが達せないような刺激にして、わざと焦らしているのだろう。だが、その責め方は正しいのかもしれない。

クローディアは両手で襞を広げて自ら弱点をさらけ出し、無言でねだっているのだ。

足を閉じようともせず、腰が揺れるのが止まらない。

「こんなのやだ、恥ずかしい……っ」

「でも、気持ち良いだろう？　クリトリスが硬くなって、もっとしてほしいとねだっている」

「違うの、挿れてほしいの」

「分かった。けれど先に解《ほぐ》さないと」

そう言ってルーファスは蜜孔に指を挿入した。今度は二本だ。

「あっ、あぁっ……！」

「クローディア、まだイくのは我慢して」

「やだぁ、も、イきそうなのに……っ」

荒い息の中、必死に耐えようとしているが、中の媚肉を擦られると勝手に身体が絶頂に向かっていくのだからどうしようもない。

それに、クローディアが我慢しようとしても、ルーファスは舌先でクリトリスの先端を嬲《なぶ》っている。こんなの、我慢出来るわけがなかった。

「あっ、イくっ！　だめっ、イっちゃう……っ！　あ――っ」

ぎゅうぎゅうと彼の指を締め付けながら身体をびくつかせ、腰を突き上げ一瞬硬直した後、くったりと力が抜けた。絶頂後の快楽を貪《むさぼ》ったのだ。

だが、ルーファスはそれを見届けた後再び口淫を始めてしまった。

「やだやだっ、も、イってるのに……っ」

「ん、もう少し、解しておかないと」

「あーっ、も、十分だから……っ」

抵抗しようにも、弱々しい力しか出ない。それでもクローディアは、己の足の間に顔を埋《うず》めるルーファスを遠ざけようとした。手をようやく襞から放し、彼の頭をぐっと押し退《の》けようとしたのだ。

すると、ルーファスはそれに抵抗するかのように敏感な突起をぱくりと口に含んでしまった。

そのまま、唇に挟んでちゅうっと吸う。それと同時に、舌先で器用に突起の包皮を剝《む》き上げる。

そして剝きだしになった陰核を唇で挟んだまま、舌先でちろちろと舐めしゃぶったのだ。

決して強くはない刺激だが、皮をかぶっていない陰核は敏感すぎた。クローディアは悲鳴をあげて身体を跳ねさせた。

「ひゃぁっ！　あーっ！　それ、だめっ、だめっ……！　あぁっ！」

「んー、可愛い反応。もっと舐めてあげよう」

彼は再び喉内に陰核を含み、舐めながら吸っている。そして、挿入した指の動きも再開した。

「あーっ、らめっ、らめぇ……っ！」

呂律《ろれつ》が回っていないクローディアを、彼はあっという間に追い上げていった。

「またっ、もー、イっちゃう……っ！　やだぁっ、イきたくない……っ」

そんなクローディアを更に追い詰めるように、ルーファスは陰核に軽く歯を立てた。甘噛《あまが》みしたのだ。その刺激に、クローディアは目を見開いた。

「あっ！　あ――っ！」

腰がガクガクと揺れてまた絶頂を味わう。中で蠢いていた指を引き抜かれると、何かが漏れ出す感覚があった。ハッとしたがもう遅い。

クローディアは蜜孔からぴゅぴゅっと潮を吹いていた。

「やだ……っ、やだぁ、漏らしちゃった……」

動揺で涙声になるのを、ルーファスは口元をぬぐってにっこりと微笑んだ。

「潮を吹いたんだ。それほど気持ちが良かったということだろう」

そして再び、指を挿れて動かし始めたのだ。

クローディアは目を剝きそうだった。

「もう、やだぁ、挿れてぇ……」

無意識に涙が流れて頬《ほお》を伝うが、ルーファスは指を止めない。

「もう少しだけ、解しておこう」

「十分だから、解れてるから。二人で気持ち良く、なりたいのにぃ……っ」

「あー、可愛い。でももっと蕩《とろ》けさせてぐずぐずにしたいな」

ちゅ、ちゅと涙が流れた頬にキスをされた後、ぎゅっと抱き寄せられる。

ルーファスが自分を本当に可愛いと思ってくれていて、これは可愛がる行為なのだと感じると嬉しい。

しかし、指の動きは容赦なく快楽を過剰に与えてくる。ぐちょぐちょといやらしい水音が部屋に響く中、クローディアは優しくキスされてまた達した。

それでも彼はまだ挿入せず、またクリトリスを舐めながら指を動かした。

何度もイかされ、クローディアはベッドの上でのたうち回った後、ただ嬌声をあげるだけとなってしまった。もう感じすぎて理性がどこかに去ってしまったし、身体も動かせない。

「あっ、あーっ……！　あーっ……」

「イきっぱなしになってきたのかな？　足を開いたままずっと腰が揺れてる。はー、可愛いし興奮する」

「ふぁっ、あー……」

「蕩けてふにゃふにゃになってる。可愛い。クローディア、挿れるからおねだりして」

「うっ、うぅ……」

ようやく、挿入してもらえる。ルーファスが服を脱いで裸になると、猛《たけ》った雄が濡れて興奮しているのが見えた。下腹部がきゅんと引き攣る。

考える力がなくなっているが、クローディアの身体はそれ欲しさに勝手に動いた。

足を大きく広げ、両手で襞を割り開いて見せつけたのだ。

ルーファスははぁっと艶《つや》のある吐息と共に、雄の先端をつぷりと挿入した。

だが、先端だけだ。浅い所をくちゅくちゅと掻《か》き混ぜるだけで、奥に腰を突き挿れない。

クローディアの身体は、これが奥まで挿入された快楽を知っているというのに。腰をかくかくと動かして、蜜孔をひくつかせてしまう。

その痴態を見下ろし、ルーファスは更に命じた。

「クローディア、好きだから欲しいって言ってくれ」

「っ……」

それを言うのは簡単だが、しかし今言うのは違うのではないか。好きだから伝えているのではなく、挿れてほしいからそう言っているように思われるのではないか。

頭の中の大部分では、いいから早く好きと言って挿れてもらえば良いと考えている。

しかしほんの少し残っていた理性的な部分、いつものクローディアを構成していて未《いま》だ消えていなかった心がそんな風に感じたのだ。

しかし、ルーファスはその態度を見て拒否だと感じたようだった。

「ふーん、そう。じゃあもう、嫌って言っても止めてやらない」

そう言うなり、彼はクローディアの膝を摑《つか》んで大きく開脚させた。あっと思う間もなく、ズンッと最奥まで腰を突き挿れたのだ。

「あっ！　あっ、あー……」

それだけで軽くイってしまったのに、ルーファスは更に奥をぐりぐりと捏《こ》ねている。これは駄目だ、この前のマッサージチェアでのように、と思った瞬間それは起こってしまった。

明らかに入ってはいけない部分、最奥にまた挿入されてしまったのだ。

「おっ、お……うっ」

言葉にならない、低い呻《うめ》き声が出る。

彼はニヤリと酷薄な笑みを浮かべた。

「クローディアの本気喘ぎ、もっと聞かせて」

「しゅきっ、ちゃんと、しゅきだから……っ」

「俺も好きだ、クローディア」

甘い声でそう囁いてから、彼は容赦のない突き上げを繰り返した。どちゅ、どちゅと肉がぶつかる音と水音がする。

クローディアはイきっぱなしになって、言葉もちゃんと発せず嬌声をあげていた。

「あーっ、あーっ……」

「奥を突いたら、すごい反応だな」

そう言ってキスをしながら、また最奥を小突く。クローディアは全身を震わせて、潮を吹きながら達してしまった。

「あっ～～！」

「すごい、漏らしたみたいだな。俺も……」

達したのにそれで勘弁してくれず、またガツガツと強く突かれる。

「ムリぃ……っ！　待って、待ってぇ……っ」

「止めないと言っただろう」

「ちがっ、いま、イって……っ！　あっ、あっ！」

「はぁっ、俺もイく……っ、クローディア……っ！」

強く叩き付けるような挿入を繰り返した後、ルーファスはぐぅっと奥に雄を差し込みそのまま放った。

クローディアはぐったりしているが、挿入したままルーファスはぎゅうっと抱きしめて言った。

「君は俺の妻だ。何十年後だろうか、誰にも渡すつもりはない。それがたとえ、殿下であっても」

「つ……」

ルーファスは、昼間にライリーに言われたことを気にしているらしい。

クローディアはこくりと頷いて抱きしめられたまま囁いた。

「ええ、ルーファス。嬉しい……」

「クローディア……！」

感極まったように、ルーファスはキスを何度も繰り返す。そのキスがねっとりと濃厚になると共に、彼の腰がまた動き出してしまった。

「待って、ルーファス……っ、私、もう無理なのに……っ」

「クローディアが魅力的すぎて、収まらない。もう一回だ」

「ひゃぁんっ、また、イっちゃう……っ！」

ルーファスのもう一回、は朝まで何度も続いたのだった。

エピローグ

その後、ライリーとバーナードに王位継承権は与えないという法案が可決された。

バーナードが色々としていた小細工《こざいく》も明るみに出て、彼とグレースは王都のはずれにある塔に幽閉されることになった。ヴァンスの屋敷に居た、ルーファスのもとで勤めていた老家令もついでにそちらに移された。

オーランドは予定通り立太子し、次代の王となるべく公務をこなしている。きっと彼ならこの王国を素晴らしいものに導く王となるだろう。

立太子の儀では、クローディアたち女官も目が回るほど忙しかったが、この頃ではようやく落ち着いてきた。

結局クローディアはすぐに妊娠してしまい、女官としてのお勤めを退くことになった。

「今までありがとうございました。私はこれから、夫と子の為《ため》に生きていきます」

オーランドに別れを告げると、彼はほろ苦く、けれど晴れやかな表情で微笑《ほほえ》んだ。

「こちらこそ、今までありがとう。楽しく、そして素晴らしい思い出だ」

彼の初恋、青春は今終わったのだろう。

「出産した後は復帰してほしい」

女官長を始めとする皆からそう請われたが、一応辞退しておいた。

何せ、出産は交通事故くらいのダメージがあるのだと聞いているからだ。

それに、子育てだってしてみたい。

お腹《なか》の中ですくすくと育っていると実感していると、こんなに愛《いと》おしい存在がいるのかと毎日奇跡のように思えるのだ。


「クローディア、無理はするなよ」

「大丈夫よ、少しは動かないと身体《からだ》に悪いもの」

庭をゆっくり散歩していると、過保護なルーファスが声をかけてくる。執務室に居た筈《はず》なのに、姿を見かけてここまで来てくれたのだろう。

ルーファスは過敏なまでにクローディアの身体を心配してくれる。

「こんなにお腹が大きな君を見ていると不安になる。早く身二つになってほしい」

「私は、早く会いたい気持ちはあるんだけれど、お腹から居なくなるのも寂しいわ」

「君の愛情深さには驚くばかりだよ」

「そうかしら」

そうこうしているうちに、ルーナも庭にやってきた。

「クローディア、足のむくみはマシになった？」

「はい、お義母《かあ》さま。散歩をたくさんするよう心掛けます」

「後でマッサージしてあげるわ」

マッサージで思い出したが、クローディアの家にまで来てマッサージを習おうとしたキャロライン嬢は再び平民となった。

彼女はルーファスを誘惑して浮気させるよう指示されていたと聞く。

元から貧乏で色々苦労していたので、平民に戻ってマッサージ店を開業させたらそれが大成功。愛想の良い接客と抜きアリの性感マッサージもオプションで付けて、かなり繁盛しているらしい。

彼女から謝罪のお手紙に近況報告が載っていたので知った。

だが、マッサージ店は男性より女性のお客さんが多く、不眠やストレスを癒《いや》したい人が圧倒的らしい。クローディアのおかげで身体を売らずに繁盛店を作れて感謝していると綴《つづ》られていた。しかしそれはキャロライン自身の努力の結果だろう。

そして義母も、マッサージを覚えて施術しようとしてくれる。優しい。しかし、身分ある御方にそんなことをしてもらうわけにはいかないだろう。

「いえ、大丈夫です、お義母さまにしてもらうわけには」

「大丈夫よ、私がしたいんだから」

ルーナは孫に会えるのをとても楽しみにしていて大変献身的だ。

そしてライリーにプロポーズされたが、断ったらしい。

『今更王族になって公務とか、ゾッとするわ。私は未亡人として気楽に暮らしたいんだもの』

とのことだった。

公務なんていいから、ただ結婚してほしいと食い下がるライリーに、気楽な付き合いならいいがそれ以上はちょっと、とやんわり一線を引いたとも聞いた。

確かに、やっと責任から解放されてのびのび過ごせる時が来たのにまた結婚はちょっとな、とクローディアも同意してしまう。

「ふふ」

思わず声に出して笑ってしまったクローディアに、ルーファスとルーナのよく似た瞳《ひとみ》が不思議そうに見つめる。

「どうした、クローディア」

「何かあったの」

「私、ここに嫁いできてとても幸せだなって」

そう言うと、二人共パッと顔を輝かせて嬉《うれ》しそうにしてくれた。

「ありがとう、クローディア」

「本当に。貴女《あなた》が嫁いできてくれて、私たちも幸せよ」

ルーナの言葉ににっこりとすると、ルーファスが近付いてきてそっと抱きしめてくれる。そして囁《ささや》いた。

「心から君を愛している。クローディアをもっと幸せにしてあげたい。これからも、ずっと」

最初に会った時には想像も出来なかった言葉を貰《もら》って、最高のプロポーズだと感激する。

不仲だったはずの夫にこんな言葉を貰うとは。幸せのあまり、少し涙が滲《にじ》み出るクローディアだった。

番外編一　相談女に気を付けろ

これはまだ、クローディアが女官として勤めていて妊娠する前のお話。

王宮では立太子の儀式の準備と、その後オーランドが王太子として動くべく新しい人材採用を積極的に行っていた。

勿論《もちろん》、女官にも新人が採用された。たいていは優秀で礼儀作法が出来ている身分ある令嬢が配属される。

だがしかし、そうではない者も居る。

身分はある。だが、優秀ではなく礼儀作法もなっていないという意味だ。

「え～、あたし分かんない～」

「…………」

周囲の女官たちは皆、そう言った新人女官アリスを無視した。

何回言っても覚えない、覚えようとする気配さえない女官なら、相手にせず自分たちでやってしまった方が早い。

有り体に述べると、アリスは入ってすぐの研修時点で干されていた。由緒正しい子爵《ししゃく》家《け》の令嬢だから、女官勤めも花嫁修業と行儀作法の一環なのだ。どうせすぐ辞める。

そう思って、クローディアも遠目に見るばかりだった。

だが、オーランド殿下付きの女官がこれほど無能であるのはいかんともしがたい。そう苦々しく思っていたところに、ヴァンスが指示をした。

「仕方がない。クローディア、彼女の教育係となるように」

「は？　私がですか？」

不満が滲《にじ》み出る口調になったのは仕方がない。

恐れ多くもオーランド殿下という次代の国王陛下に信頼され、重用されている女官なのだ。

それがどうして、すぐ辞めるであろう無能な女官の教育をしなければいけないのだ。そんなことは、二年目の女官にでもさせておけば良いではないか。

その考えを瞬時に見抜いたであろうヴァンスは、滅多に見せない笑顔を見せた。

「結婚間もないクローディアは、すぐに子が出来るかもしれない。そうなれば今まで通りのお仕えも難しくなるだろう」

「既婚で子も生《な》されている先輩女官もいらっしゃいますが？」

「その場合は勤務体系を見直し、教育係などの責務が比較的軽いものに変更するのが良いだろう」

「……殿下に重用されている私を羨《うらや》むあまり、排除しようとしていますね？」

それには答えず、ヴァンスはハハハと笑って「では頼んだ」と去って行った。

「…………」

ヴァンスに思うところはあるし貧乏くじとは思うが、教育係となって何が問題かを見極めてみるのも良いだろう。クローディアはそう考えることにした。

自分だって新人時代は何も分かっておらず、失敗だってたくさんした。それでも先輩たちに指導してもらったり助けてもらったりして一人前になったのだ。

――そんな考えは一切無駄だったが。

そういう問題ではなかった。アリスには働こうという気概は一切なかった。

ただ楽をしてサボりつつ王宮での何かしらの特権を得たい、そういう性根のように見えた。仕事をせず噂《うわさ》話に興じて一日中過ごしたいので業務を覚えようという気概はなさそうだった。

アリスが意欲を見せるのは、見目麗しい近衛《このえ》騎士やオーランド殿下に関《かか》わる仕事だけのようだった。殿方に関すれば良いのかと思ったが、身分の低い衛兵やきらびやかさのない文官には興味がないようだった。そちらに関連する業務は嫌がるのだ。

近衛騎士は大体、伯爵《はくしゃく》家《け》の三男などの貴人でかつ見た目も体格も良い者が選ばれる。諸外国の使いなど宮中を訪れる客人にも誇れるような美しい男女が、きらびやかな騎士服とマントで王族を護衛するのだ。前世風に言えばグッドルッキングガイのSPだ。

クローディアも、近衛騎士のキラキラには目が潰《つぶ》れるような眩《まぶ》しさがあると感じる。

しかし、騎士によってはとても女癖が悪く女官やメイドに片っ端から声をかけまくって手を出しまくる、ろくでもないクズだっている。クローディアはそういう警戒感から、騎士とは誰とも仲良くなれなかった。顔さえ良ければ何をしても良いと思ってんじゃないだろうなあ、と皮肉な眼差《まなざ》しを向けている部分もあった。

だが、アリスはそういう遊び人の騎士とでも交流を深めたいらしい。その辺りが、クローディアの理解を超えている。

一方文官たちは、仕事は出来るし頭は良いが、地味で陰気な感じがする人が多かった。言ってしまえば騎士は体育会系陽キャ、文官はインドア文系の陰キャだ。

勿論、文官でも人当たりが良くて爽《さわ》やかな男性もいるがそういう人は上昇志向が高くこれまたクローディアは警戒してしまっていた。

仕事上の付き合いはあるが、プライベートでの交流を深めることを匂《にお》わせられたらすぐに壁を作ってしまう。自分では身持ちが堅いと思っているのだが、他の人からは結婚を上司からお膳《ぜん》立《だ》てされなかったらオールドミスになっていただろうと噂されていたらしい。

放《ほう》っておいてほしい。

王宮内では誰がどうした彼がヤったなど、みんな他人の恋愛スキャンダルが大好きで注視しているのだ。

その中で期待の新人、アリスは今は選《え》り好みをしているが、誰と最初に寝てどのような波風を立たせるのかと噂雀《すずめ》は楽しみにしている。

クローディアはそんなことは関係なく、いつもの如《ごと》く働くのみだ。

今日も、オーランド殿下が訪問客の対応をした後の謁見室を元通りに片付ける仕事を教えているとアリスはダルそうに口を開いた。

「あたしぃ、そういう仕事より、もっと大きなことをしたいんですよね～」

「大きな仕事とは、どのようなものですか」

「オーランドさまのお側《そば》に仕えるとかぁ」

「無理ですね。宮中の作法に精通している者でかつ、一定の経験を積んだ者が王家より指名されなければ、王族のお側付きにはなれません」

「そんなこと言わないで、あたしも一緒にオーランドさまのお部屋に連れて行ってくださいよぉ」

そう言われたところで、いいよと返事出来るわけがない。

「貴女《あなた》は仕事を選ぶ立場にありません」

「クローディアさんの意地悪～」

「殿下のお側にあがりたいなら、やはり全ての仕事を一人でこなせる程の経験を積むべきです。選り好みせず早く宮中行事の手順を覚えなさい」

「え～……」

この後、アリスは仕事をサボってどこかに行ってしまった。

最近の若い子ってこんな感じなの？　年寄りみたいな感想を抱いてしまったが、特に腹は立たない。彼女はそういう存在なのだと諦《あきら》めているのもあるし、全《すべ》ての言動を記録しているからでもある。

そう、クローディアはアリスが怠け者の無能である証拠集めをしているのだ。酷《ひど》い言動をする度にしめしめと思えるので、いっそのこと大爆死でもしてほしいくらいだ。その時は全ての責任をヴァンスに被《かぶ》せてしまおうとも考えている。その為《ため》の記録は着々と付けてある。

しかしそれは当然、ヴァンスに見抜かれていたようだ。

しばらく後、どういう手段を使ったのか、クローディアを出し抜いてアリスがルーファスと二人きりで会って話していたのだ。

たまたま目撃したのだが、きっとヴァンスが背後で動いているに違いない。彼の目的は、クローディアもスキャンダルに巻き込み王宮から追い出すことだと予想する。

それほどまでにクローディアが邪魔で嫉妬《しっと》しているのだろう。男の嫉妬とは怖いものだ。

最初は嫌な現場に立ち会ってしまったと思ったが、これは目撃して良かっただろう。知るのが遅れたら、ルーファスに手を出されてとても不名誉なことになっていた。

場合によっては、クローディアだけでなくルーファスまで側近を辞さなければならないようなスキャンダルに発展したかもしれない。

二人は廊下で話しているが、クローディアには気付いていないようだった。

アリスが上目遣いでルーファスに甘い声を出している。

「あのぉ、ルーファスさまにちょっとご相談があるんです」

「何だ？」

ルーファスは普通の声色に聞こえる。それに、アリスにちょっと引き気味だ。彼はああ見えて潔癖なところがあるので、自分からぐいぐい行く女はちょっと苦手なのだ。

しかし、アリスが続けた言葉にルーファスはハッとしたようだった。

「ちょっと、クローディアさんとのことで悩んでて。色々お話ししたいことがあるんですけど、ここじゃ言いにくくて……」

「ここでは言いにくいクローディアのこと？　どんな話だろうか」

「場所を改めて、お話ししたいんですけどぉ」

(出っ、出〜〜〜！)

出たー！　相談女だ！

そうやってほいほい相談に乗って二人で食事して飲んで、甘えられて良い気になって略奪されるやつだ！

クローディアは歯嚙《はが》みして唸《うな》り声を出しそうになった。鏡を見たら、般若《はんにゃ》のお面のような表情が映っていることだろう。

泳がせて更なる証拠を、と思っていたがそれどころではなくなってしまった。

クローディアは身を隠していた角から躍り出て、スタスタと廊下を歩き二人に近付いていった。

「相談があるなら、私が伺いましょう」

「うげっ」

アリスは妙な唸り声を出して愛想笑いをした。

ルーファスは先ほどまで無表情だったが、クローディアを目にするやパッと明るい表情になった。

こういうところは可愛《かわい》らしいし許せる。そして笑顔で言った。

「クローディア。後輩に厳しく当たっているのか」

「……！　そのようなつもりはありませんが」

「そうなんですよぉ。あたし、もう毎日辛《つら》くって……」

仕事もしない口だけの新人が何を言うか。しかもどれだけ指導しても無視してサボってばかりのくせに。

思わず額に血管が浮いて怒鳴りつけそうになる。

だが、ここで感情的になってはいけない。クローディアは前世で学んだアンガーマネジメントの概念を思い出して平静を心掛けた。

「……それではどのような相談と悩みがあるか、教えて頂けますか」

「えーっとぉ、クローディアさんが厳しすぎて態度もキツくてぇ、あたし毎日泣いちゃってぇ」

「具体的な例はありますか」

「ほらぁ！　今みたいに、こんな風に理詰めで冷たすぎて！　あたし、もうムリぃ」

「なるほど、分かりました。それでは参考にさせて頂きます」

無表情に言い放つと、アリスはルーファスにすり寄った。

「こわ～い」

「話は済んだようだね。では私はこれで」

ルーファスはニコッと笑って去って行った。

「あっ、待ってくださいルーファスさまぁ」

「相談はもうないだろう？　もしあれば、クローディアに全て伝えると良いよ」

「そうですけど、二人で話したいんですぅ」

「話があるなら、クローディアにすると良い」

そう言って彼は去って行った。

アリスはバツの悪い顔もせず、平然と言った。

「怒らないでくださいね、クローディアさん。怖い顔ばっかり」

「…………」

怒ることもなく、クローディアは黙ってその場を去った。そして今まで温めていた報告書をついに書き上げて提出することにした。

アリスの今までの所業だ。

いくらでも書けるが、簡単にまとめた。仕事をせず、覚える気もなく、そして『冷静で理に適《かな》った言動は自分とは合わないので、このまま勤めるのは難しい』旨伝えられたと最後に記しておく。

そしてこれを女官長に提出した。

女官長には、ヴァンスがアリスの教育係にクローディアを指名したという報告もしておく。女官の任命権はあくまで女官長にあるので、いくらヴァンスが王太子殿下の信頼が深い侍従とはいえ越権行為だ。

それを知っていて、ここまで黙って従い最後に手のひらを返す。これでこそ宮中の儀礼と言えよう。

「よく出来ました。ここまで辛抱して偉いわね」

女官長にそう労《いた》わられたので少し溜飲《りゅういん》が下がった。

追って沙汰《さた》はあるだろう。アリスにも、ヴァンスにも。

しかし、ルーファスにはない。

今、クローディアは何故《なぜ》かルーファスに猛烈にムカついていた。

あからさまなアリスの相談に乗りそうになっていたし、それにクローディアが怒っているのが分かっていて面白そうにしていた。笑っていた。

あの時のルーファスの態度に、何故かとても腹が立っていた。

何だかモヤモヤして、ムカつく！　仕返し、してやる！

一体どんな仕返しをしてやろうかとイラつきながら屋敷に戻る途中に、いいことを思いついた。

そうだ、この仕返しを試してみよう。ニヤリとほくそ笑んで、何食わぬ顔をして帰宅する。いつもの通り、義母とルーファスに迎えられ、夕食を共にした。

それからしれっと誘った。

「ルーファス、新しいマッサージを試したいの。施術室に来てちょうだい」

普段なら、時間が取れるかどうかを確認する。しかし、今回は実質命令だ。だって、これは仕返しだから。

「ああ、勿論」

ルーファスも、少しおかしいとは感じただろうがそれでも了承してくれた。

「いいわね。私もやってもらおうかしら」

ルーナがそんなことを言いだしたので、ぎょっとする。ちょっと今回のこれは、お見せ出来ない内容だ。

「お義母《かあ》さまには、明日にでも」

「あらそう？　ふふっ、ではまた今度お願いするわね」

仲良くすると思われたのか、義母に微笑《ほほえ》まれる。

今回は趣旨が違うので見せられないだけだが、まあ誤解は解かなくて良いだろう。

クローディアは使用人に足湯を用意してもらうよう頼んでから施術室に向かった。

「裸足《はだし》になって、マッサージチェアに座って。膝《ひざ》まで裾《すそ》もまくって」

「ふぅん、今日は足なんだ」

「ええ」

お前に足ツボの概念を教えてやるよ。

クローディアの心の声が聞こえないルーファスは、言われた通り素直に足湯にしばらく浸《つ》かっている。

時間が経《た》ってから、片方ずつ足を拭《ふ》いてタオルに包んだ。

そしてマッサージする方の足に軽くオイルを塗って滑りを良くした後、クローディアは指を曲げた。人差し指の第二関節で、思い切り足裏のツボをグリィッ！　と押したのだ。

「……っ！　痛っ」

「痛いのは、悪いところがあるってことよ」

「いや普通に足の裏が痛いんだが？」

足をビクンと反応させるルーファスだが、席を立って止《や》めさせようとはしていない。

クローディアは足ツボの概念を伝えながら容赦なくマッサージを続けた。

「足の裏にはツボと呼ばれる、人体の一部と関連する反射区があるんですって。奥が深すぎて、私も全てを知っているわけではないんだけれど」

「この痛い部分があるのは、体内の他の部分が悪いからってことか？　すぐには信じられないな」

確かに、ツボの概念を知らないとただ痛いだけなのかもしれない。

しかしクローディアは手を止めずにツボを押しまくった。

「押して痛いところとそうでないところがあるでしょう。その差は対応している部分が悪いか、そうでないかなの」

「確かに、指の下あたりはとても痛いのに、かかとの部分は何も感じない」

かかと付近は生殖器だったような気がする。生理痛が酷《ひど》い友人はかかとが一番痛いと言っていたような記憶がある。しかしそれには触れずにおいた。

「指の下、この辺りは確か、目だったかしら。書類の見すぎで目が疲れたりしていない？」

「それは確かに。しかし痛いっ」

クローディアは痛がるところを重点的にぐいぐい押して、ルーファスが痛がるさまを見て少し満足した。足裏だけではなく、足の甲やくるぶしの辺りも関節でゴリゴリすると、ルーファスは面白いくらい痛い痛いと呻《うめ》いていた。

「老廃物が溜《た》まっているから、それを流さなきゃ余計に痛くなるの。はい、もう片足も」

「これをもう一度か……。しかし確かに足が軽くなっているな」

痛いが効くのがツボなのだ。前世ではめちゃくちゃ痛い本場の足ツボマッサージを受けに行ったこともある。痛すぎて叫んだものだ。

その時の記憶通りに施術していったが、ルーファスはもう慣れたようであまり痛がらなくなってしまった。それはつまらない。

足のマッサージを終えた後は、手もやってあげた。

「親指と人差し指の間のツボも、眼精疲労に効くはずよ。あと肩こりなんかにも。疲れた時には、自分でも押すといいわ」

「……クローディアに押してもらうと、気持ちがいい」

「ふふ」

痛いだけのマッサージだと不満が残るかと思って、最後に良い感じにしておいたのだ。仕上げにオイルを拭きとって、これでおしまいと立ち上がるとルーファスはにこやかに言った。

「機嫌が悪いのはもう直ったのか」

「……別に、機嫌が悪かったわけではないわよ」

ムカついた表情をしていたのは分かっていたようだ。だが素直に認めるのも面白くない。クローディアがしらばっくれると彼は手を取って引き寄せた。そのまま二人でリクライニングチェアの上で抱き合うことになる。

ルーファスが顔を覗《のぞ》き込みながら囁《ささや》いた。

「出来の悪い後輩に手を焼いて、腹を立てているクローディアも可愛かった」

その表情はやはり笑っていて、彼が面白がっているのが分かる。再び怒りが湧《わ》いてきて、クローディアは睨《にら》み返した。

「ちょっと。人が苦労しているのを笑うなんて、性格が悪いわよ」

「笑っているんじゃなくて、微笑ましいと感じていただけだ」

「面白がっているんじゃないの。何なの、気分が悪いわ」

彼の手を振り払って離れようとしたが、逆にぎゅーっと抱きしめられてしまった。

「そうやって怒っていたり、機嫌が悪いのも可愛い。けれど、俺が怒らせると嫌われてしまうし相手にされないのも嫌だ。悩ましいな」

「何が悩ましいな、よ。放して！」

イーっとなって暴れるクローディアだが、力では全く敵《かな》わない。

彼はクローディアの頭にキスをしてから言った。

「俺もマッサージをして、クローディアを癒《いや》したい」

「結構よ」

「怒らせるつもりはなかったが、俺が君のことを微笑ましく眺めていることに腹を立てたんだろう？　そのお詫《わ》びにクローディアを癒したい。痛いことはしないから」

何というか、ちょっとズレているなと感じた。そういうことだけで怒っているのではなく、アリスの有害さを分かっていないから腹が立つのだ。

クローディアは少し身を起こして彼の顔を睨みながら口を開いた。

「あのね、ルーファス。はっきり言っておくわね」

「何をだ」

「貴方《あなた》、アリスに狙《ねら》われていたのよ」

「はあ？」

やはりピンと来ていないようだ。やれやれ分かっていない、と教えてあげることにする。

「相談があるんです、って二人きりで会おうとする女はすべからく狙っているの！　その男を！」

「狙っていると言われても、俺は既婚だし妻を愛しているだろう」

顔の良い男にじっと見つめられながら、愛を囁かれるととても照れてしまう。ぐっと詰まって顔が熱くなったが、それでうやむやにしていい問題ではない。

クローディアはきっぱりと言った。

「人のものを盗《と》りたい女はいるの。むしろ、人の男だから狙ってくる性質《たち》の悪いタイプもいるのよ。アリスはきっとそうでしょうね」

「しかし彼女は誰でもいいようで、独身の男に声をかけまくっているんだろう。まともな男は相手にしないだろう。皆、押し付け合っていたようだし」

アリスの顔はまあまあ可愛いが、あの態度では男が引くようだ。

でも、サシで迫られて酔っていたら寝技に持ち込まれ、そのまま押し切られるという可能性もあるだろう。

「とにかく！　相談女には気を付けてね。私が思うに、貴方はそういうのに弱そうだから」

多分、彼の元カノであるグレースも相談女だと思う。そんな雰囲気がぷんぷんだ。

男であるルーファスにはいまいち分からないのかもしれない。しかしクローディアが言い募るので頷《うなず》いてはくれた。

「そんなことはないと思うが、とにかくアレの相手をしなければ良いのだろう」

「ええ」

「それはそれとして、クローディアこそ気を付けるべきだ。近衛騎士だって侍従だって、クローディアをいやらしい目で見ている」

「はあ？」

何を言っているんだ、と瞬《まばた》きをする。

これでも、人が向ける目線の感情は読み取る方だ。あからさまに口説いてきたり、どうこうしようという素振りの者には心当たりがなかった。

しかしその反応に、ルーファスは不満そうだった。

「ほら、やっぱり分かっていない。クローディアは少し無防備なところがあるから」

「そんなことは無いわ。私はきちんと気を付けているもの。それに、相談を受けたり迫ってこられたりなんて、全くないんだから。今まで特にモテたこともないし」

自分で言ってて悲しくなるが、仕事以外に殿方と話すことはない。それは既婚の今だけでなく、独身時代も同じだった。

「その辺りはオーランド殿下に感謝だな」

「え……？」

「虫が寄り付かないよう、殿下が睨みをきかせてくれていたんだろう」

「そうかしら？　分からないし実感はないけれど、とにかく今は既婚だし大丈夫よ」

「……あまり分かっていないようで心配だな。どうしてそんなに警戒心が薄いんだ」

クローディア自身は、滅茶苦茶《めちゃくちゃ》警戒心が強いタイプだと思っていたのでそのような他者評価には驚くしかない。

かといって、自分はルーファスに気を付けるよう注意し、彼はあまり分かっていないなりに頷いてくれた。ここで突っぱねるのは不公平だろう。クローディアはこくりと頷いて眉根《まゆね》を寄せている夫に神妙な顔をしてみせた。

「自分は大丈夫と思っていたけれど、きちんと気を付けるわ。男の人と二人きりにはならないようにしているし、これからも」

「二人きりでなくとも、あまり男と話さないようにしてほしい」

「仕事以外ではそんなこと、していないわよ」

「それでもだ」

藪《やぶ》をつついたら、蛇が出て来たようだ。

アリスの相談に乗らないよう、軽い気持ちで注意したことがよく分からない状況になっている。

仕事以外ではしていないに対し、返事がそれでもとはどういうこと？　仕事でも男と話すなってこと？

　不可能すぎる。

　ここを深堀りしたら、あまり良くないと判断しクローディアは撤退することにした。

「あの、ごめんなさいね。私ったら、貴方が若い女に甘えられているのを見て嫉妬しちゃって。それで……」

「……！」

　話の途中というのに、ルーファスがガバッと身を起こした。勿論、身体《からだ》にもたれかかっていたクローディアごとだ。二人で立ち上がって抱き合った状態に、あたふたする。

「ちょっと、突然何なの」

「クローディアが、嫉妬？　俺に妬《や》いた？」

「貴方にではなく、アリスにね。だって彼女に乗せられて今にも二人でどこかに行きそうだったじゃない。無防備すぎよ」

「ふふ、可愛いなあ。それに嬉《うれ》しい。クローディアが俺のことそんなに気にしているなんて思っていなかった」

　嫉妬もしない冷静な妻だと思われていたのだろうか。確かに、始まりがあれだからそんな人だと見られても仕方がないが。

　一応、今はあの通りではないと訂正しておく。ぎゅっと抱きついて伝えた。

「気にするわよ。私は貴方のこと、好きだもの。他の人に優しくしないで」

「あー、可愛い。我慢出来ない。寝室に行こう」

ルーファスは話しかけている感じではなく、独り言として呟《つぶや》いた様子でクローディアの腰を抱き寄せた。そしてそのまま一緒に部屋を出て行こうとする。

「えっ、ルーファス。ちょっと待って。寝室に行くなら先に入浴しなきゃ」

「いいから」

「良くないわ。一日働いて帰ってきたんだもの。汗だってかいたし、ってきゃっ。ちょっと、ルーファス」

扉を開けて部屋を出ると、彼はクローディアを抱き上げてしまった。いわゆる、お姫様抱っこだ。こんな風に扱われると、まんざらでもない。というか嬉しくてたまらない。彼が好きだという気持ちが加速してしまう。

「もう、ルーファスったら……」

「風呂に入るなら、一緒に入る」

「それは駄目、のぼせてしまうもの」

「だったら、後だ」

ルーファスは長い脚でずんずん寝室に向かって行った。

そして部屋の前でクローディアを降ろすと扉を開け、また腰を抱いて強引にベッドに導いていく。

その様子はいかにも我慢出来ず欲望が高ぶっているといった感じで、クローディアもドキドキしてきた。

寝室に入ってからのルーファスは相変わらず情熱的だった。

クローディアは延々と感じさせられ、ねちねちとした愛撫《あいぶ》を長く続けられ、やっと挿入したかと思うとイかされまくった。物凄《ものすご》いセックスだった。

クローディアはもう動けない。腰も身体の力も抜けている。手も足も投げ出し、脱力していると満足そうなルーファスがニコッと笑って良い顔で言った。

「それじゃあ次はゆっくりしよう」

「……っ、ムリぃ……」

しかしルーファスは制止を聞かない。クローディアの身体をうつ伏せにひっくり返し、腰を上げさせた。

「クローディア、さっきの話だけど」

「う……」

いつの、何の話だろうか。クローディアのぼんやりとした頭では、何も思い浮かばない。分からず黙っていると、彼は腰からヒップにかけて撫《な》でまわしながら言った。

「クローディアは後ろ姿もそそるだろう？　腰はくびれてきゅっとなっているし、ヒップは丸く大きい。だから、男どもは後ろからいやらしい目で見ているんだ。宮中の使っていない場所に連れ込んで、後ろから挿入して、思い切り犯したいってな」

そのまま彼の雄の先端を宛《あて》がい、ずるりと挿入したかと思うと一気に奥までズンっと突き上げた。

「きゃぅっ！」

「ちゃんと分かってる？　自分が男に狙われて、危ない立場だって」

「ひぁっ、まって、だめぇ……っ！　あっ、あーっ……」

「あー、ゆっくりって言ったのについ速く動いてしまったな。ゆっくり、な」

彼はその言葉通り、ぬるーっと腰を引いて雄を出していく。そしてまたぬちぬちとゆっくり挿入した。

「はっ、はーっ、はーっ……」

むず痒《がゆ》いような、もどかしい快楽だった。

これじゃあイけない。これ以上イきたくないなら、これでも良い筈《はず》だった。

けれど、クローディアの中の媚肉はきゅうきゅうと彼の雄を締め付け、もっと刺激が欲しいとねだっているのだ。

「クローディア、だから身辺には気を付けてくれ」

「わかっ、分かったからぁっ、も、やだぁっ……」

「やだは駄目」

ルーファスはゆっくりと抜いては挿入し、こつんと奥に当てるのを繰り返した。

それと同時に、両手で胸を愛撫して胸の先端をすりすりと指先で擦《こす》ったり、摘《つ》まんだりしている。

胸を堪能したと思えば、片手を結合部に持って来た。興奮で大きくなって包皮が剝《む》けたままの陰核を、指の腹でそっと撫で始めた。

「あーっ！」

「クリトリス、硬くてコリコリしているな。摘まんで思い切り扱《しご》いてやろうか？」

「いやっ、やめてぇ……っ」

「ふふ。そう言っただけで、すごい締め付けている。やっぱりここが一番好きなんだな？」

ゆっくり後ろから突かれながら、触れるか触れないかの弱さでぬるぬると陰核を撫でられたら気持ち良すぎて腰が揺れる。それが恥ずかしくて、また嫌だった。

「いやぁ、も、だめぇ……っ」

「嫌がるな、クローディア」

「あーっ、好き、好きだから、ルーファス……っ」

「はー、締め付けながらそんなこと言うの、反則だろ」

そう言うなり、彼の腰の動きが速く強くなった。ぎゅっと抱きしめられながら、奥までどちゅん、どちゅんと突かれる。

「あーっ！　また、イっちゃう……っ！」

「クローディア、好きって言いながらイってくれ」

クローディアは彼の望み通りにした。

「すきっ、すきぃ……っ！　ルーファスぅ……っ」

「俺もだ、クローディアっ」

「あーっ！」

お尻だけを高く上げて四つん這《ば》いで達する。いつもとは違う体勢で、いつもとは違う場所に当たっているのでまた気持ちが良すぎて深くイってしまった。

ルーファスが雄を引き抜くと、身体が崩れるように伏してしまう。蜜穴からは蜜と彼の放ったものが混じってどろどろになった液体が溢《あふ》れ出ている。不快だし恥ずかしいが、隠すことも身を清めることも出来ない。

もう本当に力が抜けてしまった。

しかし、ルーファスはそんな身体を抱き上げ、自分の上に乗せてしまった。

「次は上に乗ってくれ」

「も、ほんと、むりぃっ」

「ふふ、可愛い。俺が動くから、クローディアは感じているだけでいい」

「ひぃんっ……」

解放されたのは、結局朝方だった。

翌朝、もう起きた時には陽《ひ》は高くのぼっていたが、クローディアはお風呂に入れてもらって朝昼兼用の食事をルーファスに食べさせてもらった。

彼はじっとクローディアの様子を見て、何を考えているのか気持ちを探ろうとしているようだった。

昨日の、クローディアが嫉妬していると告げた時の驚いた様子から、まだこちらの気持ちがちゃんと伝わっていないような気がする。

食事が終わると、クローディアは彼に向き合って言った。

「ねえ、ルーファス」

「なんだ」

「私、はっきり告白していなかったかしら」

「……拒絶の言葉なら聞きたくない」

真剣な表情でそんなことを言う。

「違うから。私、本当に貴方が好きよ。結婚して、貴方の妻になれて、良かったと思っているわ。だから、嫉妬もしてしまうの」

「クローディア……！」

ぎゅうっと抱きしめられ、彼の胸に頭を預ける。上から降って来た彼の声は、切羽詰まっているように聞こえた。安心させるよう、こちらからも抱きついて告白を続ける。

「だから、あまり心配しないで。私には、貴方だけだから」

「クローディア、嬉しい。俺の妻になってくれてありがとう」

まさか、そんな台詞《せりふ》を言われるようになるとは。

初対面の時のルーファスからは考えられない。

こんな未来が来るとは、夢にも思わなかった。

ふふっと笑ってから口を開く。

「とても光栄だわ。ルーファスにそう言ってもらえるなんて。最初はどうなることかと思ったもの」

すると夫はしれっと言ったのだ。

「俺はこうなるような気がしていたけどな」

「もう、調子のいいことを」

クローディアは本気にせず冗談だと受け止めた。だから笑ってそんな返事をする。

しかしルーファスは曖昧《あいまい》な笑みを浮かべ、それについては何も言わずに黙って髪に口付けたのだった。

番外編二✦ルーファスの結婚

その時のルーファスは、言ってしまえば女性不信だった。

心から信じ、愛し合っていると思っていたグレースは母のお眼鏡に適《かな》わなかった。

そのせいか、グレースからの当たりが段々と強いものになり、会う度に宥《なだ》めなければいけない状況となっていた。ルーファスは身も心も疲弊し、二人で話していても穏やかではない、楽しくもない時間を過ごすハメになった。

それでも、彼女を愛しているから耐えられると思っていた。いずれ状況は好転するだろうから、今さえ我慢すれば良いと思っていた。

いつの頃からか、グレースはルーファスとは同伴せず夜会に一人で参加するようになっていた。

そこで、色んな人に相談しているようだと知り合いから漏れ聞いてはいた。

ルーファスは、その相談相手は女性だとばかり思い込んでいたのだ。

今から思えば、そのことについて話す顔見知りの人々は、微妙な笑い方をしていた。

グレースの相談相手は別の独身男性で、彼女はとっくにルーファスに見切りをつけて身の振り方を考えていたとは、夢にも思わなかったのだ。

グレースの婚約の話を初めて知ったのは、新聞報道だった。

まさか、と愕然《がくぜん》とすると同時に、結局はそういう運命だったのだと諦《あきら》める気持ちもあった。

母は珍しく、皮肉げに唇を歪《ゆが》めて笑っていた。

「上手《うま》くやったじゃない。さっさとうちを切って、別の野心ある男を捕まえたんだから。ルーファスには彼女は合わないわよ」

「母上が彼女を気に入らなかっただけなのではないですか」

そのせいで自分たちが上手くいかなかったのだと一応、伝えておく。だが、母の意見はそうではなかった。

「彼女は強欲すぎるし、野心がありすぎるわ。うちのような、のんびりとした伯爵家《はくしやくけ》ではとても収まらないわね」

「…………」

「さあ、そうとすれば新しいお嫁さんを探さないと。家風に合う人が一番よ」

「母上にお任せします」

今は女性のことなど考えたくもなかった。

ルーファスは仕事が中心の生活に変え、傷ついた心をそっと隠すような暮らしぶりとなった。

当然、乗り気でないので次々と来るお見合いの話ものらりくらりと避けたし、女性に言い寄られても全《すべ》て撥《は》ねのけた。

そんなルーファスが観念したのが、王宮から来た政略結婚の一件だった。

領地や縁戚《えんせき》に関《かか》わるごたごたも解決してもらえる上、次期国王となる予定の第二王子の側近としてルーファスが王宮に上がることも確定している。

父が亡くなって以来、政治的にいまいち弱い伯爵家となっていたうちにとってはありがたい話だ、とルーファスはその有用性をまず考えた。

お相手も第二王子付きのやり手女官で、伯爵夫人としての地位を欲しているという。王妃殿下肝《きも》入《い》りの話であるので、王家に気に入られているというのも確実だ。

断ることも出来ないし、条件としては素晴らしい。ルーファスはやっと、結婚というものをすることにした。

相手のクローディアとかいう子爵令嬢《ししやくれいじよう》は、父母も亡く実家の後ろ盾も受けられない状況らしい。有能な女官で政略結婚にも乗り気だということは、きっと理知的に違いない。王宮で感情的な人物はやっていけないからだ。

それならば、夫婦で思いやりを持って暮らせるかもしれない。

愛だ恋だという感情は、ルーファスの中から既に失われていた。そういう物を求めないであろう冷静な女性なら、上手くやっていけるだろう。

とはいえ、お相手を冷たくあしらったり粗末に扱ったりするつもりは無かった。

互いに尊敬し、寄り添い合って助け合っているうちに、家族となって温かい繋《つな》がりが出来るかもしれない。そんな風に希望を持ってお見合いに挑んだのだった。

つまり、ルーファスは無意識のうちに期待してしまっていたのだ。

相手が自分を助けてくれること。そして、妻が自分を尊敬し下手に出てくれることを。

初めてクローディアと会ったルーファスは、愕然とした。

この女は、面白がっている。そう直感したのだ。

確かに、美しい女ではあった。

だが、上辺だけでも控えめに振る舞うだとか、しおらしい態度を取るだとかは全くする気がないと全身で主張していた。

さあ、お前のお手並みを拝見しようかという、非常に挑戦的なものが感じられたのだ。

この女に心を許してはいけない。きっと、自分は滅茶苦茶《めちゃくちゃ》にされてしまう。

こちらから寄り添おうとしたら、良いように利用されて捨てられるのであろうという不信、疑惑が心に満ちた。その疑いが、彼女への先制をしなければいけない、という攻撃的防御反応となった。

「……俺には、心から愛する人がいる」

自分には心底から愛し愛されることがあった。その事実を突きつけ、そしてクローディアを愛さないと宣言することで自分を守ろうとしたのだ。

彼女はより一層馬鹿にした表情になって、そして理詰めで小うるさく反論してきた。

これは、彼女には愛する人も居ないし愛されたことも無いという証拠だった。

ルーファスは、その事実には少し満足出来た。

自分が経験したことを彼女は未経験でかつ、こんなことはくだらないといういかにも頭でっかちの言動だったからだ。

お前もいつか恋に苦しんで悔やめばいい。その時は、夫が居る立場だがな。

そんな呪《のろ》いのようなことを思い、適当に相手をする。

クローディアは、当然ルーファスの相手がグレースであったことも知っていた。まあ知っているだろうが、普通堂々とそれを明かすか？　と驚いてしまった。

何故《なぜ》それをここで話す、と尋ねたかったが途中で止《や》めた。彼女はどうしても自分をやりこめたくて、そして上の立場にあるとはっきりさせておきたかったのだろう。

上下関係をまず決めようとする、動物的な女だ。

グレースについてずけずけ言われることが苦痛で、威圧的になったが彼女は全く怯《ひる》まなかった。本当にイヤな女だ。

黙れと言っても黙らない、人の神経を逆なでするクソみたいな女。

そしてグレースについて悪《あ》しざまに告げる。

こいつは、本当のことだからと何でもずけずけ言う、デリカシーがなく気遣えないタイプの女だなと見てとった。

そして、彼女がグレースを悪く言うからには、自分はそれを庇《かば》わなければいけない。一緒になってかつて愛した人のことを悪くなど言えるわけもなかった。

そのことにもイライラする。

この女の口を止める為《ため》に、もう少しでキスで唇を塞《ふさ》ぐところだった。

どうしてこのように美しい容貌《ようぼう》で、意地の悪いことばかり言うのか。

この女を無理やりに犯してやったらどれだけ気持ちが良いだろう。その時には生意気な顔を涙で塗《まみ》れさせるほど苛《さいな》んでやりたい。

こんな性格だからこの年まで結婚も恋愛もせず、頭でっかちなことばかり言って婚期を逃したのだろうか。

そんなことを考えてしまい、ハッとする。

常に女性には紳士的に振る舞っていたのに、こんなことを思うなんて。

この女の側《そば》に居ると、自分まで性格が悪くなるに違いない。

まだ細かいことを言い募るクローディアを放置し、ルーファスはさっさと部屋を退出した。

母のルーナにはその後小うるさく言われた。しかしどうせ結婚するんだから今はどうでも良いだろうという態度で母の小言は全て聞き流した。婚約式についても、どうでも良すぎて受け流していたら手続きは全て母がしてくれた。

その間、伯爵としての仕事と領地経営についての実務はこなしていた。結婚する前におおよそは片付けておきたかった。

婚約式で出会ったクローディアも、美しかった。普段は地味な化粧に女官のドレスで慎ましく身《から》体《だ》を覆っている。見合いの際もそうだった。

だが、婚約式のクローディアはハッとする程美しかった。化粧は、決して派手ではないが華やかなヘアメイクで男の目を釘付《くぎづ》けにする。それに胸元を強調するドレスだ。いつもは首元が詰まっているが、こんなに谷間を出しては目の毒になるのではないか。

自分を誘惑しようとしているのだろうか。

危機感を覚え、ルーファスはまたも攻撃的な言動をしてしまった。

すると、やはり彼女は言い返してきた。だが、前回とは違い少しムキになっているような感じがした。言ってから、バツの悪そうな表情にもなっていた。

そして、今度は彼女の方から逃げるように去っていったのだ。

少し、面白くなってしまった。彼女の後ろ姿をニヤニヤしながら見守る。

そして王宮に出仕するようになってから、クローディアのことが少し分かってきた。

彼女は、男あしらいがびっくりする程下手くそだった。

彼女の主《あるじ》であるオーランドは、明らかにクローディアに懸想していた。特に人間関係に敏感ではないルーファスがすぐに分かるほどである。

だが、クローディアはそれを気にしないよう振る舞うのだ。気のせいだと思いたい、といったところだろうか。そんな風に逃げ回るなど、悪手すぎると分からないのだろうか。そんなことをすれば、男は余計追いたくなるに決まっている。

それに、何故か自分は男から何とも思われていない筈《はず》だ、というわけの分からない自信を覗《のぞ》かせている。男からどう思われているか分からず、誰とでも対等であろうとしているようだった。

はっきり言って、隙《すき》だらけだ。オーランドが好意を抱いて庇護《ひご》しているからその身が守られているが、それがなかったらすぐに近衛《このえ》騎士や侍従に言いくるめられ強引に犯され、その身を弄《もてあそ》ばれていたのではないか。

女遊びなどせず、どちらかといえば朴念仁であるルーファスにだってそれくらいは分かる。

クローディアは客観的に自分を見られていない。

グレースの一件で彼女にくどくど文句を言われた時は、王宮の物陰に引っ張り込んでドレスを捲《めく》り上げて無理やり犯してやろうかと思うほどだった。

実行はしなかったが、想像はした。

本当に、イライラさせる女だ。彼女が突っかかってくる度に、泣かせて喘《あえ》がせたくてたまらなくなる。

だが、仕事はちゃんと出来る女でもあった。

彼女が手渡してくれた、領地についての書類は求めている以上に完璧《かんぺき》なものだった。

ルーファスは、王都で出来る仕事は婚約期間中に全《すべ》て終わらせておいて、結婚したら二人で領地に行こうかと考えていた。彼女にも領地を見せて、実際の伯爵の仕事についても見せておきたかった。

家令である爺《じい》やにその考えを伝えると、名案だと褒めてくれた。新婚の二人が領地に行くと、領民も安心するし伯爵家も安泰だと広く認知されるだろうと。

爺やがその旨、クローディアに伝えておいてくれるというのでルーファスはよろしく頼むと任せておいた。

しかしコンタクトをとった爺やが言うには、彼女は仕事優先で休みを取るのも嫌がり、遠い領地になど行くのはごめんだと非常に冷淡な態度で拒否したとのことだった。

そもそもが、王宮での立場の為に結婚するような女だ。仕方がないとルーファスは諦めた。淡々とした結婚生活が出来るよう、感情の起伏を控えるよう心掛けなければ。

その決意は、結婚式の会場ですぐに霧散した。

ウェディングドレスを着た彼女は、またもハッとする程に美しかった。

眩《まばゆ》いばかりの白のドレスは、肩が剝《む》きだしで胸元がむっちりしているのが丸見えだ。いつもの宮中での姿よりしっかり化粧をされている顔も、華やかで美しく、綺麗《きれい》でルーファスの男の部分を煽《あお》ってきた。普段は地味に装っているが、隠された本当の姿に目が釘付けになる。

そして、こんなに美しい花嫁が夫になる自分のことを何とも思っていないというのが胸にずしんと重く響いた。

彼女は結婚生活より女官の立場が大切なのだから。

自分より、主であるオーランドの方を大事にしているのだから。

かりそめの夫となるが、誓いのキスはした。唇くらい触れ合っても、別にいいだろう。

挙式の後、夫婦の寝室に行くと初夜の準備をして所在なげにベッドに座っているクローディアがいた。

このまま押し倒してヤってしまいたい、という欲望が爆発しそうになった。

だが、そんなことをすれば彼女の身体に溺《おぼ》れてしまうに違いない。自分が一方的に妻を好いて、それを受け入れられず撥ねのけられることが容易に想像出来る。

そんなことは、絶対に嫌だった。とても辛《つら》く苦しい思いをするだろう。

ルーファスはその思いを隠す為に、攻撃的な口調でクローディアを責め立てた。要は、喧嘩《けんか》を売ったのだ。

彼女に思いを寄せるオーランドのことを絡め彼女を責めると、狼狽《ろうばい》しそして口ごもっていた。最後には感情的に言い返していた。

主に対し気を持たせていると指摘した時、クローディアはムキになって否定していた。

本当のところは分からない。彼女がオーランドを本気で愛していて、許されない恋情を堪《こら》える為に結婚したのかもしれない。

もしくは、夫である自分を隠《かく》れ蓑《みの》にしてオーランドと通じ合っているか。托卵《たくらん》などされては、かなわない。やはり手を出すべきではないのだろう。

クローディアが捨て台詞《ぜりふ》を吐いて部屋を出て行った時には、助かったと思ってしまった。

これ以上、彼女に関わるべきではないだろう。よそよそしい夫婦となって、名目上だけの結婚をするしかない。

ルーファスは認めたくなかったが、心が傷ついて落ち込んでいた。

それを振り払うように、領地に戻る支度をして夜明けと共に屋敷を出て行ったのだった。

領地では今までの揉《も》め事が嘘《うそ》のように片付いていた。

正統なる領主であるルーファスと、ルーファスが任命した代官が全てを決定し領地運営出来るよう手配されていたのだ。

今まで、父の縁戚が勝手に領地を我が物としていた。二重支配される形となって反抗的だった領民たちも、喜んで素直な態度に変わった。

王都から来ていた文官も、親身になってくれた。聞けば、王宮でクローディアにとても世話になって恩義に感じているという。

領主館に居る使用人や領地の役人たちも、現状を変えてくれた文官にとても感謝していた。ひいては、そのように手配をしてくれたクローディアの存在をありがたがっているということだ。

ルーファスも、それについては同意だった。

彼女はとても有能な女官で、かつ王族のお気に入りなのにそれを鼻にかけずに親切だ。王宮でも評判が良い。

ただ、夫には感じが悪い。

それだけではなく、主である王子のことを愛していて、夫を隠れ蓑にしているかもしれない。

この疑惑が真実だったら、自分はまた王族に女を寝取られたと物笑いの種になるに違いない。そのことを考えたら憂鬱《ゆううつ》で仕方がない。

だったら、それを覆すべく行動すべきなのだろう。

夫として、真摯《しんし》に向かい合ったら彼女は応《こた》えてくれるだろうか。

男を弄ぶ悪女、という感じはしなかった。グレースのように、男に媚《こ》びたり気を持たせるような言動はしていない。生真面目で、男の欲望も人の気持ちも分かっていないような気がした。

彼女の感じが悪いのも、自分が攻撃的な態度ばかり取ってしまうからだろう。

クローディアへの感謝を、己への反省としたルーファスは感じの良い手紙を書くことにした。

一生懸命書いたら、報告書のようになってしまったが仕方がない。返事を期待して、早馬に乗せて送る。しかし、全く返事は来なかった。

行き違いになっているのかもしれない、と何通も手紙を送った。だがクローディアから返事は来なかった。

爺やにも、屋敷の様子がどうなっているかを尋ねる手紙を出すと、そちらの返事は来た。

クローディアは、ルーファスが居ないことを良いことに屋敷で好き放題しているらしい。爺やの許可も取らず、屋敷の一室を勝手に改造したり、いかがわしい寝台や椅子《いす》を発注したりしていると書いてあった。

爺やは直接的には書いていなかったが、このままではいずれ別の男を屋敷に招くのではないか、という含みはあった。

なんということだ。

新婚早々、こんなことになるとは。やはり、目を離すべきではなかった。

ルーファスは手早く領地での仕事を終え、すぐに王都に戻ることにした。

帰る支度をしていると、客人が訪問したと知らされる。誰かと尋ねると、なんとグレースの使いだった。

はっきり言って、会いたくはなかった。今さらグレースと話などしたくもない。だが、それをはだった。

つきり告げたことは無かった。それは今、すべきことかもしれない。

グレースの実家で雇われているであろう、見覚えのある男の使用人がメッセンジャーとしてやってきていた。

手紙を受け取ると、そこにはクローディアが殿下を骨抜きにした方法を知ったと書いてあった。

詳しいことは会って話をしたいとも記入されていた。

そのことを言いたくて、己の周辺をうろついていたのだろうか、と考える。

だが、それだけではないだろう。きっとグレースのことだ。彼女自身の為に、ルーファスを利用しようとしているに違いない。

グレースにはそういう部分があると、今のルーファスは冷静な目で見ていた。

使いには、手紙も渡さず口頭で、

「二度と彼女と二人きりで会うことも話すつもりもない」

ときっぱり拒否した。

すると、そのメッセンジャーは口頭で訴えたのだ。

曰《いわ》く、クローディアはいかがわしいマッサージを施して、純粋な少年の心身を弄んでいるとか。

その詳細を伝えたいのでグレースは会いたがっている、とのことだった。

それでもルーファスは、話すことはないと使者を追い返した。そんなことをグレースに教えられる謂《いわ》れはない。使者ごときにクローディアを貶《けな》される覚えもだ。

使者を追い返した後、ルーファスはやれやれと思いながら領地を後にした。

王都に戻る帰路で色々考えるが、やはり妻であるクローディアのことで一番頭を悩ませていた。

クローディアのことは、何一つ分からない。ただ分かっているのは、伯爵夫人の立場を得る為に、気に入らない男とも結婚するような女だということだ。

それから、容姿は美しいのにそれを利用しようとは思っていない言動をすること。そのせいか、男の視線をまるで分かっていないこと。夫であるルーファスのことも、男だと分かっているのかいないのか。あれだけそそる肢体を持ちながら、何故『殿下はそんな気などない』と言ったのか。オーランドだって男で欲望を持っていると指摘したら気まずそうに黙り込んでいた。そんなことは念頭にないと言わんばかりだった。

……何一つ分からないと思いながらも、随分彼女のことを深く知ろうとしていることに気付いてしまった。ルーファスはため息を吐《つ》いて馬車の外の景色を見る。やはり、考えるのはクローディアのことだった。

クローディアも、人を利用し捨てるようなことをするだろうか。もしそうなら、もっとルーファスに擦り寄り気に入られようと上手く接しそうなものだが。

ひょっとしたらルーファスを利用しようとも思っておらず、その価値はないと判断しているだけかもしれない。

すっかり自己肯定感が低くなり、少々卑屈になってしまったルーファスを屋敷で出迎えたのは、爺やだけだった。

「おかえりなさいませ、坊ちゃま」

「爺や。母上とクローディアはどうしている」

「それが。私めにはとても分からない、良からぬことをなさっているようです」

「……なんだと？」

もしや、クローディアは今日ルーファスが帰ってくることを知らずに何やらしているのではないだろうか。

それこそ、屋敷に男を連れ込むような。

「クローディアは今どこにいる？」

「例の、屋敷の一室を勝手にいかがわしい寝台と椅子を置いて改造した部屋におられるようです」

悪い想像しか出来ずに、胸がヒヤリとする。

ルーファスは急いでそちらに向かった。

「旦那《だんな》さま、お着替えはなさらないんですか？」

古くから居る女中が遠慮なく尋ねるが、無視した。

行儀の悪い行動だとは思う。旅から帰ってきて、身を拭《ぬぐ》わず着替えもせず屋敷をうろつくなど、今までにはなかった。

しかし、一刻も早くクローディアの行動を確かめたかった。

つかつかと歩いていくと、背後から女中や使用人たちがざわざわしているのが聞こえた。主人の乱心ぶりに驚いているようだ。

だがそれも聞こえないフリをして部屋に向かう。すると、クローディアがなんとも悩ましい姿で登場した。

「ルーファスさま……」

驚いたようにこちらを見ているが、ルーファスはそれどころではなかった。

彼女はコルセットを着けず、シュミーズドレスを着ていた。袖《そで》もなく、胸元が開いたワンピースだ。クローディアより高身長なルーファスが見下ろすと、柔らかそうな胸がむっちりと存在している。谷間が丸見えだ。

ドレス越しにポツンと控えめに存在している突起は、胸の先端なのだろう。

ルーファスはもうちょっとでその胸を容赦なく揉みしだき、胸の先端を摘《つ》まんだり擦《こす》ったりして苛《いじ》めた後、服の上からそのまま口に含んで舐《な》めしゃぶるところだった。

それを実行しないよう、手をぎゅっと握りしめて彼女を睨《にら》みつけた。

「昼間から、なんて恰好《かっこう》だ」

彼女曰くでは、ただのシュミーズドレスらしい。

そんな姿でうろうろするなんて、男に襲ってほしいと言っているようなものだ。

興奮のあまり、怒鳴りそうになるのを堪えながら話を聞くと、今は来客中だと言われた。

そんな恰好で、来客に対応したというのか。

その男に、何をされて何をしたのだ。

ルーファスの不安と心配は頂上に達し、彼女の新しい部屋に急いで向かった。

クローディアはそれを妨害しようとしていた。ルーファスに見られたくない人物が寝台に寝そべっているのかもしれない。事後のけだるい雰囲気をまとったままに。

そんなことは、許せない。

顔色を変えて、ルーファスは廊下を足早に移動した。後ろから、小走りでクローディアが追いかけてきて待つように告げているが無視だ。

待てと言われて誰が待つものか。

ルーファスは部屋に辿《たど》りつくと、ノックなしで勢いそのままに扉を開けた。

座っていたヘレンが驚いて立ち上がったのが見えた。

何故ヘレンが？　彼女はずっと母に付き従っている侍女だが。

まあ、それは後で聞けばいいだろう。

ルーファスが疑っていた通り、寝台の上に誰かが寝ている。

何故かヘレンが、ルーファスの前を遮るよう立とうとしていたが、それを押しのけてその人物を確認する。

その人は、母だった。

ルーファスが愕然としていると、母は起き上がって驚いたようにこちらを見て口を開く。

「まあ、ルーファス。帰ったのですか」

「母上……、はい、戻りました」

どうして母上がこんな部屋で寝台で横になっているのか。

だが、母もクローディアと同じようなシルクのドレスでリラックスしているようだった。顔色も表情も、いつも見ていたより随分明るく感じた。

きっと、クローディアだ。

彼女が、マッサージとやらを施して母の体調も感情も、上向きにしてみせたのだ。

「ちょっと、いくら親子でも突然部屋に押し入るのは失礼でしょう」

彼女が当然の指摘をしてきた。

「…………」

ルーファスは何も言えず、無言のままに部屋を出て応接室に入った。

なんと、クローディアも付いてきている。しかし、それを見て見ぬふりをして爺やに命じた。

「爺や、お茶を淹《い》れてくれ」

「はい、少しお待ちくださいませ」

爺やはこの状況を分かっているのかどうなのか、いつも通りの様子でお茶の用意の為に退室していった。

この辺りで、流石《さすが》にルーファスもおかしいと思う。

爺やの態度は、常にクローディアに対して批判的だ。ルーファスが嫌悪感を抱くことを期待している節さえある。

しかし、それをクローディアに素直に尋ねるのは何だか嫌だった。

ルーファスはいつもの調子で彼女に突っかかりつつ、母と一緒に居た理由を聞いた。

予想通り、クローディアは母にマッサージを施したと答えた。

ということは、クローディアは母の信頼を勝ち取っていると言えよう。

ルーファスの母は、それほど無防備で考えが足りない人ではない。クローディアが信頼出来る人物だと分かったから、無防備な姿を晒《さら》しているのだ。

だったら、爺やは何故このようにクローディアへの不信を訴えかけてくるのだろう。

そう考えながらも、マッサージについてはいかがわしいイメージを抱いてしまう。

グレースの手紙にも書いてあった。オーランドはこのマッサージを受けて骨抜きになったと。まさか、同性である母にも施したとは。

つい、オーランドにもマッサージを施したのだろうと嫌味まがいの言葉を投げかけてしまい、すると逆に問いかけられた。

それは、誰からの情報だと。

思わず、無言で目を逸《そ》らしてしまった。

すると、クローディアはすぐにその情報を与えたのはグレースではないかと疑い、追及してきた。流石有能な女官だけあって、発想力が素晴らしい。

そこは連絡を取り合っているわけではないと否定したが、苦しい言い訳だ。

グレースの使いがやってきて、そこで渡された手紙に書いてあったがもう会わないと追い返したのは、連絡を取り合ってはいないと言い切れる範囲内の筈だ。先方が一方的に連絡をしてきたのを、もうこれからは来るなと伝えたのだから。

クローディアは、とても信じられないという表情になった後、何やら考え始めた。どうせ、王宮での勢力争いとかオーランドに関することだろう。

ルーファスは反撃に出ることにした。

何故、手紙を無視して返事を出さなかったのだと文句を言ったのだ。

どうせ、返事をするまでもない内容だったとかなんとか、悪く言ってくるだろう。しかしこの話題を持ち出すことで、自分が責められた話はうやむやになる筈だ。

少々せこい考えで反撃したつもりだったが、クローディアは予想外のことを口にした。彼女は手紙を受け取っていないと述べたのだ。

では、彼女宛《あ》ての手紙は屋敷に届いていないのだろうか。

結果的には、届いていたが彼女が足を踏み入れていない夫婦の間にあった。

爺やは手紙が届いていて、ルーファスが返事を待っていることを一切クローディアに告げていなかったのだ。

それを知った時の彼女はハッとした後、悔しそうに唸《うな》っていた。

老獪《ろうかい》な家令にしてやられたと分かったからだ。古典的なやり方にハマってしまった、とも言っていた。王宮などではよくあるいじめなのだろうか。

そう。爺やがやったことは、家令である立場を利用して屋敷に嫁いできたばかりの新妻をいびるという、嫁いびりをする姑《しゅうとめ》みたいな意地悪だ。

一体どうして、クローディアに対してそんな反感を持つのだろう。その辺りを今度、聞いておかなければ。

そう考えながらも、ルーファスは手紙を出しては返事をずっと待っていた過去の自分がとても気の毒で羞恥《しゅうち》を覚えた。そのモヤモヤは、爺やに対してもだがクローディアにも抱いた。

手紙の一通くらいは来ていないか、誰かに聞けば良かったのだ。それに、彼女の方からも手紙をくれたら良かったのに。だが、彼女はルーファスと連絡を取ることを嫌がって手紙を書かず、届かないことにも疑問を抱かなかった。

その恨みの感情から、謝罪を求める。

すると、クローディアは驚くべきことを口にしたのだ。

「それではお詫《わ》びに、旦那さまにいかがわしくない施術をして差し上げます」

なんと。

あの、いかがわしいという噂《うわさ》のマッサージを実際に受けることが叶《かな》うとは。

自分も、彼女に籠絡《ろうらく》されて骨抜きにされてしまうのだろうか。

そんなことにならないよう、抗《あらが》いたい。

「受けて立とう」

きっぱりとそう宣言し、腹に力を込めて立ち上がった。

そうは言いながらも、クローディアと共に施術室へと戻る途中にはドキドキしていた。一体、自分はこれから何をされてしまうのだろうかと鼓動が速くなる。腹の奥が熱くなるような感覚があったが、気のせいと思うことにした。

部屋に入ると、クローディアはフットマッサージとやらの為に作られた椅子を示し、そこに座るよう指示した。

素直に従って座る。すると、彼女は前に回り込んでマッサージについて話をしてきた。

しかし、ちょうど目の前に来た柔らかな膨らみに目が釘付けで、話が入ってこない。

コルセットも着けず、薄い布一枚のドレスだ。もう少しで手を伸ばし、その膨らみを思い切り揉みしだきそうになるのを、拳《こぶし》を握りしめることで耐えた。

そして、聞き逃しそうになった言葉を何とか思い返して頭に入れて言葉の意味を咀嚼《そしゃく》してから、返事をした。

「それは君が、ここにしゃがみ込んでするということか？」

そんなことをしたら、上から胸の谷間が丸見えだ。零《こぼ》れそうな膨らみを覆うドレスをずらして乳頭に吸い付いてしまいたい。

彼女の前に居ると、知能が低下しているような気がする。これではいけない。

ルーファスは渋面を作り、何とか胸から目を逸らして彼女の「そうではない」という言葉に返答した。

「同じことだ。そんな服装で前にしゃがみ込んだら、胸が丸見えじゃないか」

「今日はたまたま、楽なこの恰好ですが普段は違いますから」

「これを殿下にもしたのか」

「いいえ。殿下にはしておりません。お義母《かあ》さまだけです」

「こんなに近くで触れられるから、殿下も惑わされたのではないか」

胸のことばかり考えてしまうし、口からもぽろりと出てしまった。

それに、殿下に嫉妬《しっと》していることが丸分かりだ。

それくらい、オーランドに何をしたかこだわって、オーランドに対しての態度を批判的にぐちぐちと言い募ってしまった。

その後も、マッサージを受けながらオーランドと何かあったのかという疑問をぶつけてしまう。

それだけではなく、彼とは何もなかったと答えてほしいとお願いまでしてしまった。

それほど、彼女に捨て置かれ別の男の相手をされるのが嫌だと思っていたのか。我ながら、自分の心が見えていなくて驚いてしまった。

そうか、とやっと分かった。

自分は、クローディアとこれから共に歩んでいきたいと願っていたのだ。

手を取り合って協力したり、仲良くしたい。他の男には目を向けないで、こちらだけを見てほしいと。

そう感じたのは、勿論《もちろん》彼女が美しく魅力的だというのもあるだろう。だが、それだけではなく、クローディアの凜《りん》とした雰囲気と、動じない態度。ルーファスが嫌な態度を取ったら拗《す》ねたりムキになったりはするものの、やるべきことは全てこなしてくれている。

こちらから頼んだ、領地に関するお願いだけではなく、母にも親切だ。婚約式や結婚式のことも、ルーファスが何もせずとも不安になったり怒りをぶつけたりせず、粛々と用意をしてくれた。

それなのに、自分は拗ねた態度で何の協力もしていなかった。

ルーファスは今、やっとこれまでの行為を申し訳なく感じ、それを負い目に思い続けるのは嫌だと思った。

彼女には敵《かな》わない。それを実感し、今の関係を終わらせて本当の夫婦になりたいと願ったのだ。

過去は全て清算して終わらせ、新しい関係になりたい。

ルーファスはマッサージを受けながら、その旨を何とか伝えた。

最初は気のない返事だったクローディアも、言葉を募らせると受け入れてくれた。そして、お礼を言ってくれた。

これは、関係改善出来るかもしれない。

期待しながらマッサージを受けていると、彼女はこう言った。

「ルーファスさま、今は、力を抜いてリラックスして、何も考えずに私を受け入れてください」

「ああ」

彼女の全てを受け入れたい。それに、自分も受け入れてもらいたい。

その一心で、ルーファスは素直に力を抜いてリラックスした。

すると突然眠気が襲ってきた。ヘッドマッサージというのは痛くも何ともなく、ただただ気持ちがいいが物凄《ものすご》く眠くなるようだ。

そのままマッサージを受けていると、本当に眠ってしまった。

ハッと気が付くと、部屋は暗くクローディアは居なくなっていた。

眠っている自分を放置して去ってしまったのだ。そう思い当たると、怒りが湧《わ》いてきた。

普通、眠っている夫を放《ほう》っておいてどこかに行くか？

せめて起こしたらいいだろう。

ルーファスは怒りのままに起き上がって部屋を出た。

外には使用人が控えていた。

「あっ、ルーファスさま。起きられましたか」

「クローディアはどこに行った」

「奥さまは、夫婦の間に向かわれました」

最後まで聞かずにずかずかと廊下を歩いて夫婦の寝室へと向かう。

荒ぶる感情のままに扉を乱暴に開けて、彼女に怒りをぶつけた。

すると、クローディアはまあまあと宥《なだ》めながら机の上に手紙を置いた。

それには見覚えがあった。自分が領地から送った手紙を気にして、確かめに来ていたのか。

そう思い当たると、怒りはしゅんと引っ込んでいった。

だが、自分を適当に扱っているのはよく分かる。

何というか、クローディアの夫への態度はとても適当で、雑だ。どうでもいいと思っているのが丸分かりだ。それを突き付けられる度に、ルーファスの心は傷ついてしまう。

ルーファスは、彼女に内心嘲笑《ちょうしょう》され馬鹿にされ、そして居なくてもいいと思われているのに傷ついていたと自覚した。

だから、初めて会った時から攻撃的な言動に出ていたのだ。自分の心を守る為に。

そして、彼女がオーランドを選んで自分を捨てても、仕方がないと納得する為に。

そうと分かると、また彼女とオーランドの関係についてぐちぐち言い募ってしまった。

いい加減にしろとキレられても仕方がないくらいだ。

彼女は怒りはしなかったが、チクリと嫌味を言ってきた。

「そのようなつもりはないのですが、ルーファスさまのお心には別の方がいらっしゃるでしょう？　娶《めと》ったばかりの妻があまり馴《な》れ馴れしく近付くのも鬱陶《うっとう》しいでしょうから、少し離れることを心掛けておりました」

そんな風に言われると、返す言葉もない。

ルーファスは下手に出た。素直に謝ったのだ。

結果、クローディアは許してくれた。

それだけではない。

オーランドを選ばず、ルーファスを選ぶときちんと言ってくれたのだ。

それは嬉《うれ》しい。

これが、本心からの言葉なら。

ルーファスには、これが嘘か本当かなんて分からない。

でも、彼女を信じると言ったのだ。信じるしかない。

そう思っていると、クローディアは思いもしないことを言いだした。

「ところで先ほどおっしゃっていた、いかがわしいマッサージ、ですが。興味はおありですか」

一瞬で色んなことを考えていた。

それは、自分にしてくれるということか。

そんなことをしたらどうなるのか、その先まで考えているのか。

というか、誘っているのか。

是非してほしい、でも飛びついてがっついていると思われるのも嫌だ。かと言って、普通にマッサージだけされるのはもっと嫌だ。

とにかく、ルーファスは妻に触れたかったし触れられたかった。だが出会いが出会いである。初対面での口論が最悪な思い出なのに、今さら抱こうとしても許されるのだろうか。そんなことを考えて、自分からはいけなかった。

けれど、彼女の方から誘いをかけてくれるなら是非にベッドを共にしたい。

彼女は直接的な誘いをかけているわけではない。ただマッサージに興味があるかどうか、問いかけているだけだ。

そのマッサージをどうして知っているのか、実践したことはあるのかも気になりすぎる。

少し言葉を詰まらせただけの一瞬でこんなにあれこれ考えたと知られたら、クローディアも驚くだろう。

ルーファスはそれにには気取られないよう口を開いた。

出て来た言葉は、誰かにしたことがあるのかと何故そんなマッサージを知っているのかという、聞きたいこと二大巨頭だった。小さいことばかり気にするいかにも童貞といった質問内容に、我ながら嫌になった。

クローディアは嫌な顔もせず、さらりと答えてくれたが。

その器の大きさというか、彼女の度量には敵わない。

クローディアなら、未経験の自分が自信なげにまごついても笑わず許してくれるだろうか。

ルーファスは、良い年をして女性経験がなく女性の扱いもよく分かっていないことがコンプレックスだった。

いや、まだクローディアはマッサージに興味があるか聞いただけだ。今夜は話をするだけかもしれない。

そんな風に考えながらも、急にベッドを共にすることになったらどうしよう。そして全然上手く出来なかった時は、等《など》と様々なことを考えてしまう。

ルーファスは俯《うつむ》いて無言になってしまい、その間にクローディアは気付けば部屋から居なくなっていた。

それからはずっと上の空だった。真面目な顔をして正面を向いてはいるが、考えているのは夜のことばかりだった。

夕食の味も全然分からなかったし、食卓で母が何やら話していたが全く頭に入ってこなかった。

ただ、母が妻と子供を大切にしろという風なことを言ったのは聞こえてきた。

ドキリとする。子供は作らなければ、出来ない。

その子作りを、今日するのかもしれない。しないかもしれないが、いや、どうだろう。やはり、指南書の類を読み返すべきだろうか。

そんなことを考えているので、母とクローディアの会話の内容は全く理解出来なかった。ルーファスは気もそぞろで食事を終えると、すぐに自室に引っ込んだ。女性の身体について復習しておくべきだと考えたのだ。

女体はとにかくそっと触れなければいけない。男の力で乱暴に扱うといけない。そんなことが書いてある、初夜の指南書を読んでから入浴する。

あまりにそわそわしてしまうので、風呂もすぐにあがった。そのまま自室でうろつくのも憚《はばか》られ、早い時間から夫婦の寝室に行ってしまった。そこでベッドに腰かけてじっと彼女を待つ。

あんまり早くから来ていたと思われたら彼女は引くだろうか。いや、やっぱりマッサージだけかもしれない。そんな心の揺れ動きを何回もし続けていたら、もう早く引導を渡してほしいとまで思うようになってしまった。何でもいいから好きにしてくれ、という心境だ。

そんな風に待っていると、彼女は入室してきた。既に待ち構えていた自分を見て、少し驚いたようだった。やっぱり、こんなに早くから居るのはおかしいと思われたようだ。待たせてすまないと言った彼女に、来たばかりで待ってはいないと答えた。

クローディアは、多分分かっていただろうがこれ以上突っ込まずにスルーしてくれた。そして、寝台に寝そべるよう指示する。

寝るだけでいいのだろうか。何かする必要は、と尋ねると彼女はキッパリ言ったのだ。今日は、最後までするつもりはないと。

ルーファスは何もせず、眠くなったら寝てほしいとそう言ったのだ。

ひょっとして、自分としたくないからそんな風に言っているのだろうか。それとも、本心から？

ついつい、探るように尋ねてしまった。

「そんなことで、良いのだろうか」

残念そうな顔をしないよう注意したが、それは無理な注文というものだった。

だが、クローディアはそれを聞いてにこりとして口を開いた。

この時の笑顔は、面白がっている様子ではない、好意的なものだった。

「大丈夫です。いきなり迫られても、心が追いつかないでしょうから。ゆっくりでいいんです。ルーファスさまは、今日は私を受け入れてみてください。嫌になったら、その時は伝えてくださいませ」

なんということだ。

彼女はルーファスに受け入れてほしいと思っている。それなのに、過去の自分が余計なことを言ってしまったばかりに、彼女の方から嫌がる男に迫っているような口ぶりだ。

いいのに。

もう今すぐにでも受け入れられるのに。

嫌になんてならないし、ゆっくりじゃなくてもいいから。

そう言いたかったが、以前と言っていることが違いすぎると嘲笑されるのは嫌だった。渋々、分かったと受け入れて言われた通りにうつ伏せになった。

ベッドの天蓋《てんがい》を全て下ろされて密室のような空間になったことにもドキドキしたし、ふくらはぎをツンとつつかれた時もとても興奮した。大袈裟《おおげさ》にびくっと反応してしまったことが恥ずかしくて、わざと不機嫌な声を出してしまった。

何をする、と突っかかったが彼女はスルーして香油を塗ってくれた。

肌に直接、オイルを塗られるとドキドキした。だが、それだけだった。

彼女は丁寧に普通のオイルマッサージをしてくれた。優しい手つきで、心をこめて身体を癒《いや》してくれているのが分かる。

でも、そうじゃない。

まだなのか。いかがわしいマッサージとやらはいつ始まるのだ。

そう思っている間に、眠くなってきてしまった。

結局、背面をしっかりマッサージしてもらった。それが終われば次は仰向《あおむ》けだという。

まだ続けるつもりか。普通のマッサージだけで終わりそうだ。

というか、彼女は今日はマッサージだけだと言っていたし、そうかもしれない。クローディアの言ういかがわしいとは、ルーファスが裸になっているからという意味なのだろうか。

ここはやはり、ルーファスから彼女に触れて関係を進めなければ。

もう焦《じ》れてしまい、早く下半身を何とかしたかった。ルーファスの雄は痛いほどに勃起《ぼっき》し、解放を切望していた。

だから仰向けになるとクローディアの手首を掴《つか》み、まどろっこしいから自分の好きにすると宣言した。彼女は驚いていたが、命じると素直に上に乗ってきた。それに、キスをしても嫌がらなかった。

ルーファスは夢中になって彼女の唇を味わった。最初は固く唇を閉じていたクローディアも、丁寧に優しく愛撫《あいぶ》を繰り返すと応じてくれるようになった。二人の舌を擦り合わせながら、彼女の身体を撫《な》で回すとたまらなかった。

クローディアも感じて、ドロワーズをびしょびしょに濡《ぬ》らしていた。その濡れた薄布一枚を隔てて、雄と女陰を擦り合わせる。それは普通に貫くより淫靡《いんび》で興奮した。

クローディアは感じてぐちょぐちょになっているのに、今日は駄目だと拒否していた。無理に突っ込もうとしたら簡単に挿入出来そうなのに。

しかし、クローディアはルーファスを手でイかせてそれで終わりにしたいらしい。彼女の滑らかな手で雄を握られ、擦られるととても興奮出来た。すぐにでも達しそうになるが、それは勿体《もったい》ないと思えてつい我慢してしまう。

そして、自分だけが快感を得るのではなく、その間に挿入準備をしておくべきだと考えた。彼女のドロワーズを脱がして、蜜孔に指を挿入する。指一本でもキツく、きゅうきゅう吸い付いてきた。

この中に挿入したら、どれだけ気持ちが良いだろう。

早く挿《い》れたいが、彼女は一生懸命自分の雄を扱《しご》いている。その様子も可愛《かわい》い。

無理には指を動かさず、クローディアに声をかけて反応があったら中を解《ほぐ》していく。蜜孔は素直で、愛撫に応えてトロトロになっていた。クローディアも感じているようで、呼吸が速くなっている。

クローディアは達しそうになると、手淫を力強く速いものに変えてきた。それならと、ルーファスも動きを変える。今まで触れなかった、クリトリスの裏側を愛撫したのだ。彼女の蜜孔はルーファスの指を締め付け、もっとしてほしいとばかりに蠢《うごめ》いた。

すぐにでもこの中に挿入したい。その気持ちをぶつけるように、彼女を抱きしめてキスを再開させる。クローディアの手淫も佳境に入ってきた。これ以上されると、先に達してしまう。ルーファスはそれを防ぐ為に、クリトリスをぬるぬると撫で回した。

やはり、ここは一番の弱点で女は快感を得るのだ。ゆっくり弱く触れるだけじゃ物足りないだろうと、少し強めに擦るとあっという間にクローディアは達してしまった。身体を震わせ、声を漏らしながら達するクローディアは可愛かった。

一人で先にイったことが恥ずかしいのか、睨んで突っかかってくる彼女もまた可愛い。ルーファスは楽しくなってきて、クローディアを何度もイかせることにした。勿論、自分も手淫をしてもらって達するが、それ以上に彼女の身体を弄《いじ》りまわして絶頂へ導くのが楽しくて仕方なかった。これが男女の睦《むつ》みあいか、と何度も何度もイかせる。

すると、クローディアはぽろぽろと涙を零《こぼ》して嫌がり始めた。

だがその嫌がっている様子もまた可愛い。

クローディアがいや、やめて、お願いと涙を流しながら言っているのを見ると、興奮のあまり達しそうだった。それを我慢して、また彼女をイかせる。

彼女をどうにかしてしまいたい。だが、どう扱うべきか分からない。

泣いているなら、涙を拭いて抱きしめて甘やかしたいとも思う。

けれど、もっと手酷《てひど》く快楽を与えてイかせまくりたい。無理やりに貫いて快感にむせび泣きさせたい。そんな風に考えてしまうのだ。

その気持ちを正直に伝えると、クローディアは更に泣きだしてしまった。

泣きながら感じている姿を見るのは最高だった。上も下も泣いているという状況には、なかなか出会えないだろう。

ルーファスは更に彼女への愛撫を熱心にし、潮まで吹かせることに成功した。

クローディアはまた泣いていた。けれど、ルーファスが物足りないと言うとちゃんと愛撫をしてくれた。だが、一緒のベッドでは眠ってくれず、自室に戻ると去ってしまった。

その姿は、快感でへろへろになっていて歩くのも覚束《おぼつか》ない様子だった。微笑《ほほえ》ましくて、思わず笑ってしまう。

彼女を見送った直後から、次はいつだろうかと考えてしまっていた。

いつもは朝食は別々で、クローディアが出仕する時は誰も見送らない。クローディアから、時間が決まっているわけではないので気を使わないでほしいから、とそうするよう申し出られたからだ。

でも、明日は朝食を一緒に取りたい。そう思ってベッドに横になったが、興奮でなかなか眠れなかった。

結局、目が覚めたのはクローディアが出掛ける直前だった。慌てて着替えて、玄関へと向かう。

そこで、夕食は一緒に取ることを約束した。

もっと話をしたいと思いつつ、我慢出来なくてついキスをしてしまった。拒否されたが、その時の顔も可愛くて興奮するばかりだ。今夜も、と誘いをかけようとした時思いがけないお願いをされた。誰にも内緒で、いきなり王宮に来てほしいと頼まれたのだ。

これにはピンと来る。ルーファスが抜き打ちで王宮に来た場合も、闖入者《ちんにゅうしゃ》は訪れるか試してみるのだろう。勿論、そのお願いを引き受ける。代わりに、今晩も夫婦の間で一緒に過ごす約束を取り付けることが出来た。

ルーファスは自分が色ボケしている自覚はあったが、クローディアとの仲を引き裂く動きは許せなかった。出掛ける準備をしていると、すぐに爺やがやって来たので率直に尋ねた。

「爺やは何故、俺とクローディアを不仲にさせようとするのだ」

「はて、そのようなことはしておりませんが」

「とぼけなくていい。彼女が気に入らないなら、どこが駄目なのか教えてくれ」

そう迫ると、爺やはきっぱりと口にした。

「あの方はエヌヴィエーヌ伯爵夫人に相応《ふさわ》しくありません。大奥さまがいらしたら、あの方を見て何とおっしゃることやら。きっと、すぐにでも追い出されることでしょう」

爺やの言う大奥さまとは、ルーファスの祖母に当たる人だ。母が伯爵夫人となった後も、散々いびっていたらしい。気位の高い、いかにも貴族夫人といった人だと血縁ながら冷めた感想を抱いていた。

その感想のままの口調で冷たく言い放つ。

「その人はもう死んでいるし、生きていたとしても今の家のことに口出しはさせない。爺やも控えろ」

「坊ちゃまはお優しいから、同情なさっているのですね。しかし、あの方は坊ちゃまに相応しくありません。どうぞお心をしっかりお持ちください」

どうしても気に入らず、何なら追い出したいくらいの気持ちがあるようだ。

ルーファスはふっと笑って言った。

「確かに、今のままの俺は彼女に相応しくないな。妻への悪意を知らず、おめおめと引き離されてしまった。どうせ、領地に共に向かう話もクローディアには伝えていなかったのだろう」

「坊ちゃま、そのようなことをおっしゃるとは。爺やは悲しゅうございます」

産まれた時から世話してくれていた爺やだ。別離はルーファスだって悲しい。

だが、先々代の夫人を今の伯爵夫人よりも大切に思っているような使用人は必要ない。

今のルーファスとその妻、クローディアを一番にしてくれる人物でないと、傍《そば》に置けない。

「……王宮に向かう。オーランド殿下に帰還のご挨拶《あいさつ》だ」

「はい、馬車を用意いたします」

誰にも言わずに向かうとしても、使用人にはバレてしまう。ルーファスは、内通犯が爺やではないことを祈りながら、試す為に行き先を告げた。

その祈りは、無駄だったが。

他の誰もが知らないルーファスの出仕を、グレースは知ったようだ。きっと、爺やが急いで使いを送ったのだろう。そのような取り決めがあったということは、グレースと爺やの内通はただルーファスとよりを戻すとかそういうレベルではなさそうだ。

グレースは何かを企《たくら》んでいて、ルーファスの屋敷の情報を得る為に密偵を送っていると考える方が自然だ。だが、一体何を企んでいるのだろう。

ヴァンスと一緒に屋敷に戻り、爺やを彼の屋敷に移動させたが流石年《とし》の功《こう》で何も情報は漏らさなかった。他の使用人にも事情聴取をし、爺やの使いになった使用人や支持者と見られる人物は即解雇した。母は突然の解雇劇に驚いて尋ねた。

「一体どうしたの、ルーファス」

「旧体制を求める使用人には去ってもらい、これからは風通しを良くしようと思い立ったんです、母上」

「え……」

「年寄り好みの、古臭い屋敷はもうおしまいにしましょう。これからは、私たちが望む通りに変えていき、それに反対するような使用人には辞めてもらいます」

「いいの？　そんなことをして。私、今までの分も弾《はじ》けてしまうかもしれないわよ」

そう言った母は、明らかにドキドキと興奮していた。ルーファスは、今まで耐え忍んできた母に優しい瞳《ひとみ》を向けた。

「いいんですよ、母上の好きに弾けて」

後から思えば、本当に母は弾けてしまった。観劇に行くと言って男と会い、朝帰りするほどに。だが、本来ならルーファスたちも同行する予定だったのに、ドレスアップした妻に欲情し押し倒して強引に抱いてしまった。そのせいで母が一人で出掛け、そのような結果になってしまったのでそこまで批判は出来なかった。

しかし、いい年をした母親が男を作って夜遊びというのは生々しすぎて、ルーファスは内心少しばかり受け入れ難かった。

母は父が病気の時から一人で気丈に乗り切って、男を寄せ付けない貞淑な人だと思っていた。そうでなくなったのは、父が先に逝ってしまったせいだ。

そう考えると、もしクローディアを残して先に自分が旅立ってしまったら、彼女を狙《ねら》って男が湧いてくるに違いない。彼女は押しに弱く迂闊《うかつ》なところがあるから、押されまくったら折れて囲われてしまうに違いない。

最初に彼女を抱いた時のことを思い出すと、興奮しながらニヤニヤ笑ってしまう。

互いに裸になって、ローションでぬるぬるとした身体を擦り合わせていたのに、クローディアは何故か挿入はされないと信じ込んでいたのだ。そんなの、挿れるに決まっているだろう。

痛みを与えたくないと、何度もイかせたが愛撫にも素直に応じる感じやすい身体だった。白い結婚がどうのと言っていたが、ルーファスはそんなこと言ったっけ、いや言ったかもしれんが忘れたとただ腰を押し進めることしか考えられなかった。驚いたような顔をして、弱々しく抵抗するクローディアの中に挿入した時は、興奮のあまりすぐに果てそうだった。

気持ち良さそうに感じてイってるのに、それを否定しているクローディア。潮を吹いた後、一瞬呆然《ぼうぜん》としてから恥ずかしそうに涙を零していたのもとても可愛かった。ルーファスはすっかりクローディアの魅力に参っていた。

母と口論になった時も、彼女が間に立って仲裁してくれた。

美しくて気遣いが出来て、そして魅力的なクローディア。彼女が嫁いできてくれて、妻となってくれて本当に良かった。

そう思って自分なりに彼女を気遣っていた。仕事で忙しいであろうクローディアの為に、家では疲れを取れるよう居心地の良い屋敷になるよう心掛けた。使用人たちに、クローディアを煩わせるような言動は決してしないよう厳命した。

休日には、彼女が希望するなら出掛けるようにしていた。屋敷の内外でも、一緒に過ごすようにはしたが無理やり抱くようなことはしなかった。

そう、ルーファスはとても我慢していた。本当は、もっと何度も夫婦生活を営みたかった。でも、彼女が疲れるだろうと欲求不満でも耐えていた。クローディアに好かれたい、嫌われたくないという一心だった。

その気遣いが無下にされたと感じた時、ルーファスは今までの我慢を振り切って強引にクローディアを抱いてしまった。

あの無防備なシュミーズドレスを着た彼女を見ると、興奮してしまうのは初めて見た時から一緒だ。ドレスの上から愛撫し、着せたまま挿入すると快感で腰が痺《しび》れた。お預けされていた分も欲望をぶつけると、クローディアは快感に夢中になっていた。

同様にルーファスも、彼女のことで頭がいっぱいだった。クローディアのことしか考えられない状態で、毎日過ごしていた。色ボケだと謗《そし》られても仕方ないだろう。


しかしクローディアとのデート中に襲撃を受けた時は流石に、このままではいけないと気を引き締めた。男たちは撃退したが、これは物盗《ものと》りなどという単純な問題ではない。

クローディアを守って戦うと、彼女は改めてルーファスに惚《ほ》れ直したようだった。恰好良いし素敵だと言ってくれた。その後抱くと、いつもより素直に感じて好意を口に出してくれた。

こんなに可愛い妻を、少しでも危険な目に遭わせたくない。その為には、障害は排除するに限る。

ルーファスは仕方なく、今まで目を背けていた問題ときちんと向き合うことにした。

母の遊び相手、もしくは一時の愛人であるライリーと対峙《たいじ》することにしたのだ。

おそらく母は本気ではない。今だけ楽しめる恋愛ゲームに浸っているに過ぎない。真剣に相手と結婚してこの家を出る、という気概は無さそうなのでそう見ている。スキャンダルになる懸念はあるが、火遊びに周囲が口出ししても余計燃え上がるだけだ。

すぐに別れる相手ならば、わざわざ会うこともないだろう。

しかし、相手が傍流でも王族であって、そしてルーファスとクローディアを襲撃してきた黒幕も王族ならば、会って話す必要があった。

渋々会ったライリーは、快くアポイントを受け入れてくれたが会うなりギラつく眼差《まなざ》しを向けてきた。

「ようやく来たか。いつになったら話をしに来るかと思っていた。それにしても、父親そっくりだな」

父に言及する時は、吐き捨てるような口ぶりだった。どうやら、この王族は母に本気らしい。それも、父が存命中から。

父が亡くなったのはもう十年近くも前だ。それ以前から母を思っていたとすれば、驚くべきしつこさだ。いや、一途《いちず》さと言えばいいのだろうか。

とにかく、母に何らかの執着を抱いているのは間違いなさそうだ。

「母に関しては何も言うつもりはありませんよ。話は、バーナード殿下についてです」

「まあそうだろうな。君は母より妻の方が大切なようだ」

「貴方《あなた》もそうでしょう、妻ではありませんが」

軽く舌戦を繰り返しながらも、必要な情報を仕入れていく。

バーナードはどうやら、本気で王座を狙っているらしい。それも、クローディアを使ってオーランドを引きずり落とす計画で。

ルーファスは、この案はなかなか良いところを突いているのではないかと冷静な感想を抱いた。

オーランドが真剣にクローディアを想《おも》っているなら、クローディアとルーファスの不仲は良いスパイスとなる。その為のグレースのちょっかいだ。

もしルーファスがふらふらとグレースによろめくような男だったら、クローディアは不遇の人妻となる。それを見たオーランドは彼女への想いを加速させただろう。本気でクローディアをモノにするまで王太子を焚《た》きつけた後、バーナードは世論に訴えるだろう。

このような王子を国王にして良いのか、と。

バーナードは半分血が繋がった弟が失脚した後、上手く王太子の座を掠《かす》めるよう活動しているようだ。しかし同じ立場であるライリーの存在を忘れているのか無視しているのか、全く気に留めていない。

そこを突いて、ルーファスはライリーと手を組んだ。バーナードが決して王座につくことの出来ないような法案を提出したのだ。彼から王位継承権を奪う為のものだ。

自分の計画に夢中で、ライリーの動きなどまるで目を向けていないバーナードだったので簡単に法案は可決される見通しがついた。

クローディアが彼に呼び出されたのは、その矢先だった。

ルーファスはその気配を察知するや否や、ライリーを伴って彼女のもとに駆けつけた。法案の一件を教えてやると、バーナードはすぐに部屋を出て行った。グレースを置いたまま。

法案について調べるつもりなのだろうが、今さら調べたところでもう遅い。

グレースが何やら声をかけてきたが、ルーファスの心は全く動かなかった。

今では、煩わしくさえ思える。彼女と愛し合っていると思っていた時の心など、まるで思い出せない。

我ながら、こんなに冷淡に心変わりするものなのだなと冷静に感じてしまったほどだ。

心変わりというより、未練がない状態というのだろうか。それは、クローディアのお陰だった。鬱屈し、傷ついた心を彼女が癒してくれたからだ。

今のルーファスは、クローディアしか見えない。

彼女を愛しているから。

だから、ライリーの言葉には少し恐怖を覚えた。

ライリーは三十年もずっと母を想っていた。だからオーランドがそんな風にクローディアを想い続けたら、この先はどうなるのか分からない、と。

ライリーの粘着質ともいえる気持ちに、クローディアは怖がっていたがルーファスも別の意味で怖くなった。

もし自分が先に死んでも、絶対にクローディアを取られたくないと強く感じたのだ。

自分の死後のことなど、それぞれ好きに生きてもらうべきだ。頭ではそう分かっている。

でも、自分以外の男と過ごしてほしくない。

自分のように、心変わりして未練を断ち切って新しくやり直してほしくない。そう強く願ってしまったのだ。

しかしその後、クローディアは
「私も心変わりされないように努力をする」

と言った。

そんな必要はないのに。

努力するのは、自分こそだ。ルーファスはより一層、彼女に奉仕することを決めた。

クローディアが色々してくれるのは嬉しいが、自分もしてあげたい。気持ち良いことも、喜ぶことも。

彼女との子供は早く欲しい。それが夫婦の絆《きずな》を更に固くし、そして他の男の付け入る隙を作らないと分かっていた。


しょっちゅう睦んでいたからか、すぐにクローディアは妊娠した。

皆で気遣ったが、初産ながら安産で無事に男の子が誕生した。とても可愛いが、自分にそっくりすぎてクローディアに似た可愛い女の子も欲しくなった。

産まれた子供は乳母に教育を任せるのが貴族にとって普通だが、クローディアは子育てをしてみたいと望んだ。だから女官には復帰しなかった。王宮からは再仕官を何度も要請されていたが、彼女が子育てをしている最中にまた妊娠したので、引き受けられなかった。

二番目の子も男の子だった。

母もクローディアも、自分も流石にこの次は女の子がいいと願っている。しかし産褥期《さんじょくき》が過ぎてすぐに励もうとすると、クローディアは待ったをかけた。

「前回も、そうやってすぐに再開したから年子になったでしょう。お腹《なか》の休まる時期がないのもツラいのよ。少しは期間を空けてちょうだい」

「……分かった」

産後は夫より子供を優先する女性が多いと聞く。それに、妊娠出産は体力が必要だ。しばらくは休みたいという彼女を尊重するべきだろう。

本当はもっと抱きたいが、ルーファスはそう自制してクローディアを労《いた》わった。そしてマッサージ等彼女の身体が休まることをした結果、結局すぐに睦みあうことになってしまった。またクローディアは妊娠したのだった。

しかも三人目も男子だった。

「ちょっと、貴方の遺伝子は強すぎるんじゃない」

「遺伝子？」

「あー、何というか。子孫を残そうとする力よ」

クローディアはたまに難しいことを言う。だから、尋ねてみた。

「次こそは女の子が欲しいんだが、それにはどうすれば良いのだろう」

「本当かどうかは分からないけれど、奥で出さずに手前で終わるといいらしいわよ」

なんと、そんなこと考えもつかなかった。

「分かった、それでは……」

「でもしばらくは駄目よ。流石に身体が大変だわ」

「そうだな」

それ以降、クローディアはしばらく子作りを許してくれなかった。確かに、三人の子供たちの賑《にぎ》やかさを毎日味わっていたら、四人目どころではない。

でも夫婦の寝室は共にしていたので、挿入は無しで睦みあったり、もし挿入しても中では出さないことを常としていた。

数年経《た》った後、クローディアはそろそろ良いだろうと許可を出してくれた。

「女の子が欲しいから、奥で出さないでね」

「分かった」

分かっていた筈だが、難しかった。中で出せると思うと、つい奥で達してしまうのだ。慌てて引き抜いてももう遅い。

その後は、何回しても同じだろうと開き直って思うさまクローディアを抱いた。彼女も快感に悦《よろこ》んでいた。


しかし、四人目も産まれた結果、男子だったのでそれ以降は避妊をすることになってしまった。

妻と子供四人、そして母と七人家族で賑やかに楽しく過ごしている。

お見合いの時には、こんな未来があるなんて夢にも思わなかった。

幸せな結婚生活を続けられて、幸運だ。

子供たちが子犬のごとくじゃれ合っているのを、クローディアと目を細めて見守る。あの時結婚して本当に良かったとしみじみ噛《か》みしめるのだった。

おわり

あとがき

はじめまして、またはお久しぶりです。園内《そのうち》かなと申します。

eロマンスロイヤルさまでは以前、『異世界トリップして聖女になったので、業務としてディレクションします』という長いタイトルの本を電子書籍で刊行して頂きました。

今見たら二〇一八年刊と書いてあります。うわ〜そんな昔だっけ。月日が経《た》つのはあっという間ですね。

今回は紙のご本ということで原稿用紙で校正チェックをしたのですが、絶対猫たちが邪魔しに来ます。紙の上に乗ったり、赤ペンにすりすりしようとしたり。猫たちに見守られながら推敲《すいこう》したご本です。エア猫を感じてくださると幸いです（？）

今回のお話のヒロイン、クローディアは生意気で物事を斜に構えて受け取る、素直じゃないタイプです。そしてヒーローのルーファスは傷心を隠す為《ため》にクローディアに威圧的に振る舞って、言いがかりをつけるような面倒くさい男。

この二人がぶつかり合って、なんやかやあってえっちなことをして最終的にはラブラブハッピーになるという、ギスギス系ラブコメとなっております。

私は性格の悪い高飛車な女の子が半ば強引にえっちなことをされて、感じまくってひんひん泣かされる展開が大好きなのですが、それは前回のお話でもそうなので性癖というものは月日が経とうとも変わらないのだなあと感心しております。

皆さまにも楽しんで頂けると嬉《うれ》しいです。

今回、イラストを担当してくださったのは天路《あまじ》ゆうつづ先生です。美麗な二人をありがとうございます！

そして編集のKさまにSさま、KADOKAWA編集部さま、最後にこの本をお手に取ってくださった読者の皆さま、本当にありがとうございました！

またお会いできることを心より願っております。

eロマンス ロイヤル

本書は「ムーンライトノベルズ」（https://mnlt.syosetu.com/top/top/）に
掲載していたものを加筆・改稿したものです。
この作品はフィクションです。実在の人物・団体・事件などにはいっさい関係ありません。

●ファンレターの宛先
〒102-8177　東京都千代田区富士見 2-13-3　eロマンスロイヤル編集部

不仲《ふなか》の夫《おつと》と身体《からだ》の相性《あいしよう》は良《よ》いと分《わ》かってしまった

著／園内《そのうち》かな
イラスト／天路《あまじ》ゆうつづ

2024年9月30日　初刷発行

発行者　山下直久
発行　株式会社KADOKAWA
〒102-8177　東京都千代田区富士見2-13-3
（ナビダイヤル）0570-002-301
デザイン　AFTERGLOW
印刷・製本　TOPPANクロレ株式会社

●お問い合わせ
https://www.kadokawa.co.jp/（「お問い合わせ」へお進みください）
※内容によっては、お答えできない場合があります。
※サポートは日本国内のみとさせていただきます。
※Japanese text only

ISBN978-4-04-738081-3　C0093　©Kana Sonouchi 2024　Printed in Japan
定価はカバーに表示してあります。

「どうやら、私たちは運命の相手だったようですね」

殿下の騎士なのに「運命の紋章」が発現したけど、このまま男で通しちゃダメですか？

夜明星良　イラスト／さばるどろ　四六判

王太子ヴィンフリートの護衛騎士リアンは、実は女性で伯爵令嬢である。女性は騎士になれないこの世界で、性別を隠しながら敬愛する王太子の専属護衛騎士にまで成り上がった。騎士としてはこれからという矢先、彼女の手のひらに「運命の紋章」が発現する！　しかも王太子殿下も全く同じ「運命の紋章」が発現!?　通常は異性間で出るはずの紋章に二人は動揺するが、殿下は思いのほか喜んでいる様子で？